青髪鬼

横溝正史

角川文庫
23370

目次

青髪鬼

謎の死亡広告

世の中にはときどき、みょうないたずらをするやつがいるものだが、ある日、東京の大新聞に、いっせいにかかげられた、三つの死亡広告などもそうであった。

死亡広告というのは、君たちもごぞんじのとおり、人が死ぬと家族の人が知人に通知を出すかわりに、新聞に出す黒わくつきの広告のことである。

だから、死亡広告に出される人は、死んだ人ときまっているのだが、そのとき、東京の大新聞に、死んだものとしてかかげられた三つの死亡広告の、三人が三人とも、まだぴんぴん元気でいるのだから、なんともみょうな話というほかはなかった。

そのとき、死亡広告に出された三人というのは、つぎの人々だった。

古家《ふるや》万造《まんぞう》。この人は日本の宝石王といわれるくらいの大金持ちで、そのとき、六十歳。

神崎《かんざき》省吾《しょうご》。この人は有名な学者で、理学博士の肩書きを持っている。年は四十五歳。

さて、さいごのひとりというのは月丘《つきおか》ひとみといって、まだ十三歳の少女だったが、この三人が死んだものとして、新聞に死亡広告を出されたのである。これを見ておどろいたのは、三人の友人や知人だった。それぞれ、三つの家へおくやみに出かけたが、行ってみると、死んだはずの三人が、ぴんぴんしているので、二度びっくり、あっけにとられてしまった。

しかし、おどろいたり、あっけにとられたりしたのは、友人や知人ばかりではなかった。いや、その人たちよりも、もっともっとおどろいたり、あっけにとられたりしたのは、死亡広告を出された三人だった。

それはそうだろう。生きながら、死人として広告を出されたのだから、こんなきみのわるい話はない。そこで、三人の家から新聞社へ、げんじゅうな抗議を申しこんだ。

新聞社でもびっくりして調べてみると、それらの広告はみんな、広告の文章と広告料をいっしょにして、各新聞社の広告部へ送ってきたのだが、さて、差出し人が、だれなのか、それがさっぱり、わからないのだ。ただ、わかっていることは、広告文の文字からみて三つの死亡広告を申しこんだのが、おなじ人間らしいということだけであった。

それにしても、そいつはいったい、なんだって、こんなきみのわるいいたずらをしたのだろうか。いやいや、それはただのいたずらなのだろうか。この三つの死亡広告のうらには、なにかしら、もっともっと、おそろしい、かくれた意味があるのではないだろうか。

気のどくなのは、死亡広告に出された三人である。

古家万造や、神崎博士のようなおとなでさえ、あまりのきみわるさに、ふるえあがって、おどろきおそれたということだから、まだ十三歳の少女ひとみが、恐怖のために二、三日、寝こんだというのも、まことにむりのない話ではないか。

警察でも、こういう話をきくと、ほうっておくわけにはいかない。やっきとなって、このいたずらの犯人をさがしたが、いまのところ、かいもく手がかりはなかった。

死亡広告を出された万造や神崎博士は、だれかにうらまれているようなおぼえはないかと、警官からきびしくきかれた。ふたりとも、そんなおぼえはないといいきったが、警官たちは、それにたいしてふかいうたがいを持っているようすだった。きっと、ふたりはだれかに、うらまれているにちがいないのである。

ただ、ここにふしぎなのは、ひとみのことである。万造や神崎博士とちがって、まだ十三の少女ひとみが、どうしてこんなきみのわるい、いたずらの犠牲にされたのだろうか。

ああ、ひょっとしたら、神のような少女ひとみのうえに、なにかおそろしい、魔の手がさしのべられようとしているのではないだろうか……。

こうして謎《なぞ》の死亡広告が出されてから、はや二週間たったが、ここにひとつの事件がおこり、それをきっかけとして、世にも恐ろしい白蠟仮面事件《びゃくろうかめんじけん》の幕が切っておとされたのであった。

探偵小僧

「おお、小僧《こぞう》さん、三津木《みつぎ》さんはいますか。三津木俊助《しゅんすけ》さんは……」

そこは東京一といわれる大新聞社、新日報社《しんにっぽうしゃ》の三階編集室の入口である。

だしぬけにこう声をかけられて、受付のデスクから顔をあげたのは、新日報社の人気者、探偵小僧《たんていこぞう》とよばれる御子柴進《みこしばすすむ》だ。

「三津木さんはいま会議中ですが……」

「なに会議中……？　いや、会議中でもなんでもいい。すぐここへ呼んでくれたまえ。重大な話があるんだから」

「いや、そういうわけにはいきません。幹部の人たちが集まって、なにか、たいせつな会議があるらしいんですから」

「おいおい、小僧さん、そんな、いじのわるいことをいわないで、ちょっと呼んできてくれよ。こっちこそ重大な事件なんだ。いく人もの命にかかわる重大事件だ」

「えっ？　いく人もの命にかかわる……？」

進は、ぎょっとして、あいての顔を見なおした。

しかし、その男は、帽子をまぶかにかぶり、外套《がいとう》のえりを立て、おまけに、首巻きで鼻の上までかくしているので、顔といってはほとんど見えない。ただ上から見おろすふたつの目が、みょうにギラギラひかっていて、まるで気ちがいのようなきみのわるさである。

「そうだ、いく人もの命にかかわる重大事件だ。何人も、何人もの人がころされるかもわからないんだ。だから、小僧さん、すぐ三津木さんを呼んでくれたまえよ」

進はちょっとまよった。男のことばの調子から、うそやでたらめをいっているとは思えない。なにかしら、この人は、よういならぬ秘密をにぎっているのではあるまいか。

「こまりましたねえ。会議中はぜったいに、だれも近よってはならぬという、規則になっているものですから……だれか、ほかのかたではいけませんか」

「いや、ほかの人ではいけないんだ。三津木さんにかぎるんだ。そのことは、さっき三津木さんに、電話でいっておいたはずなんだが……」

「ああ、それでは、あなたは川崎《かわさき》さんというかたではありませんか」

「川崎……？　ああ、そうそう、川崎だ、川崎だ。その川崎があいたいといってるからと、すぐに三津木君を呼んできてくれたまえ」

進は、デスクから立ちあがった。

「ああ、その川崎さんなら、お見えになったら応接室でお待ちくださるようにと、三津木さんのことづけでした。どうぞこちらへ」

編集室の入口と、ろうかひとつへだてて、応接室の入口がある。進は、そこへ客を案内した。

「きみ、きみ。それじゃ、すぐに三津木さんを呼んできてくれるだろうね」

客はあくまでいそいでいる。進は、とほうにくれたように、

「いえ、そういうわけには……さっきもいいましたように、会議中はぜったいに、だれも近よれないものですから……。でも、もうすぐ会議もおわりましょう。しばらく、こ

こでお待ちください」

まるで、おりの中のけだもののように、応接室のなかをそわそわと歩きまわっている客をのこして、じぶんのデスクへかえってきた進が、腕時計を見ると九時半だった。今晩は夜勤の番で、進は十二時までのつとめなのだ。

それにしても、あの客は、いったいどういう人だろう……。

進は、いすに腰をおろしながら考えた。

いく人もの命にかかわる重大事件だなんて、ほんとのことだろうか。何人も、何人もの人間がころされるかもしれないなんて、ほんとうだろうか……。

進はしかし、だんだんそれをほんとうだろうと信じるようになった。それというのが、客のそぶりや、ことばの調子が、とてもまじめだったからである。いやいや、まじめをとおりこして、ひどくおびえているようすさえ見えるのだ。

それにしても、三津木さんはえらいなあと、進は考えた。ああして、むこうから事件を持ちこんでくるんだもの。ぼくもはやく三津木さんのような、りっぱな新聞記者になりたい。

三津木俊助というのは、新日報社の宝といわれるくらいの腕きき記者で、進にとってはあこがれのまとであった。ことし中学を出た進が、新日報社を志望したのも、そこに三津木俊助という有名な記者がいるからだった。

三津木俊助は新聞記者というよりも、名探偵として有名である。かれはいままで、かぞえきれないほど多くの怪事件をみごとに解決してきた。小さいときから探偵小説がすきで、探偵小僧というあだ名があるほどの進が、あこがれるのもむりはなかった。

編集室の柱時計が十時をうった。と、とつぜん、応接室からさっきの客がとび出してきて、

「きみ、きみ、小僧さん。ぼくはもうこれ以上待てない。また、出なおしてくる。それまでこれをあずかっておいてくれたまえ」

と、ポケットから、四角な封筒を取出して、たたきつけるように進のデスクにおくと、ふらふらと、お酒によったような足どりで、階段をおりていった。

進は、しばらくあっけにとられたような顔色で、ふしぎな客のうしろすがたを見送っていたが急に気がついて立ちあがると、客のおいていった封筒をデスクのひきだしにしまいこみ、それから帽子と外套をとって、ろうかへとび出した。と、出あいがしらにぶつかったのは、花井《はない》という記者だった。

「よう、探偵小僧。顔色かえてどこへいくんだい」

「あっ、花井さん。いま川崎という人が、三津木さんにあいたいといってきましたが、会議があまり長びくので待ちきれなくなってかえっていきました。そのことを、三津木さんにいっておいてください」

それだけのことをいいのこすと、進は階段を二、三段ずつとびおりて、新日報社の正面玄関からとび出した。

新日報社は数寄屋橋《すきやばし》の近くにある。銀座《ぎんざ》が近いのでまだおおぜいの人が、ぞろぞろ歩いていたが、進は、その人ごみの中から、すぐ、さっきのふしぎな客を発見した。

その人は、あいかわらず、よっぱらったような足どりで、ふらふらと日比谷《ひびや》の方へ歩いていく。ときどき、立ちどまって、びっくりしたようにあたりを見まわしたり、首をつよくふったりしているのは、どこか気分でもわるいのだろうか。

しかし、そのことは、あとをつけようとする進にとっては、もっけのさいわいであった。そうなのだ。進は、あのふしぎな客を尾行しようとしているのである。

探偵小僧とあだ名されるほど探偵小説がすきで、そのために、三津木俊助にあこがれて新日報社へはいったものの、毎日、上役《うわやく》にお茶をくんだり、手紙や葉書の整理をしたり、お客の取りつぎをするだけでは、つまらなくてしかたがない。

いつかじぶんも三津木さんのように、ふしぎな事件を手がけてみたいと、つね日ごろ、夢みるようにかんがえていたやさき、今夜やってきたふしぎな客……これをこのまま、見のがしてなるものかとばかりに、進はすっかりはりきっているのだった。

ふしぎな客は、あいかわらず、ふらふらした足どりで日比谷交叉点《こうさてん》までやってきた。進は、四十メートルほどあとからつけていったが、そのうちに、ふと、みょうなことに気がついた。

ふしぎな客と進とのあいだに、もうひとりあやしい男がいるのだ。はじめのうち、進も気がつかなかったが、ふしぎな客が立ちどまると、その男も二十メートルほどうしろで立ちどまる。そして、ふしぎな客が歩き出すと、その男も、のろのろとあとからついていく。ああ、もうまちがいない。あの男もふしぎな客をつけているのだ！

進の心臓は、急に、がんがん、おどり出した。

これはいよいよただごとでない。あのふしぎな客は、なにか、よういならぬ秘密を知っているのかもしれない。そして、そしてそのために、わるものにつけねらわれているのではあるまいか……。

ふしぎな客は交叉点をつっきると、しばらく道ばたに立って、ぼんやり考えていたが、やがて、ふらふらと日比谷公園のなかへはいっていった。なんだか足もとがいよいよみだれて、歩くのもやっとだというふうに見える。

ふしぎな客のあとにつづいて、あやしい男も公園のなかへはいっていった。つばの広い帽子をかぶり、マントのようなものを着た、背のたかいうしろすがたが、なんだか魔物のようにきみがわるいのだ。

その男のすがたが、公園のなかへ消えるのを見とどけて、進もいそいで交叉点をつっきった。そして、あやしい男を追うように、公園のなかへとびこんだが、そのときには、ふしぎな客のすがたも、あやしい男のかげも、もう、どこにもみあたらなかった。

なにしろ公園の入口からは、いくつもの道が、あみの目のように走っているし、それに木がしげっているので、ふたりとも、どの道をいったのかわからないのだ。進はしばらく、とほうにくれたように立ちどまっていたが、しかし、いまさら、あきらめてかえる気にはなれない。それに、あやしい男にあとをつけられているふしぎな客のことも気にかかるのだ。

ええ、ままよとばかりに、進は、でたらめの道を歩いていった。

公園のクモ

公園のなかには、ところどころ、街燈《がいとう》がついている。だから、まっくらだというわけではないが、それでも街燈の光のとどかぬ木かげなど、うすぐらくてなんとなくきみがわるいのだ。

進はときどき、そういうくらやみのなかに立ちどまって、じっと耳をすましたが、どこからも足音はきこえない。ふしぎな客も、あやしい男も、公園のやみにすいこまれて、消えてしまったのではないかと思われるほどのしずけさである。

進は、きみわるさに身ぶるいをしながら、それでもまだ、あきらめてかえる気にはなれなかった。あてもなく、公園のなかを歩きまわっていたが、そのうちに、とつぜん、ギョッとして立ちどまった。どこかで、悲鳴がきこえたからである。しかもそれは、男の声ではなく、たしかに、女の人の悲鳴のようだった。

進は一しゅん、棒をのんだように立ちすくんだが、すぐ、勇をふるって、悲鳴のきこえた方角へ走っていった。するとそのとき、むこうから、バタバタと足音をさせて走ってくるかげが見えた。

進とそのかげは、ちょうど街燈の下で出あったが、なんとおどろいたことには、それは、まだ十二か三の少女ではないか。

「きみ、きみ、どうしたの。いま、むこうで悲鳴をあげたのはきみだったの」

「ああ！　あたし、こわいの、こわいの」

少女は、むちゅうになって進にすがりついてきた。

「こわい？　こわいってなにがこわいの？」

「あの人が、きゅうに口から血をはいて、お池のほとりにたおれたんです。あたし、もう、びっくりしてしまって……」

「あの人ってだれのこと？」

「だれだか知らないの。今夜十時に、日比谷公園の噴水のそばへくれば、あの死亡広告の秘密を話してやると、だれか知らない人から手紙が来たんです。それでさっきから待ってると、あの人がやってきて、なにか話しかけたと思ったら、急に苦しみ出して、口から血をはいてたおれたんです」

「死亡広告の秘密……？」

進は、急に気がついたように、街燈の光で少女の顔を見なおした。

「ああ、それじゃきみは、このあいだ、死亡広告を出された月丘ひとみという子だね」

「ええ、そうです。でも、あなたどうして知ってらっしゃるの」

「だって、あのとき、死亡広告を出された人の写真がみんな新聞に出たもの……それで、血をはいたって人どこにたおれているの」

「むこうのお池のそばよ。噴水のある……」

「行ってみよう。きみも来たまえ」

「いや、いや、あたし、いや。だって、だってこわいんですもの」

「そう、それじゃ、きみはここに待っていたまえ。いいかい、動いちゃいけないよ。この街燈の下で待っているんだよ」

「ええ、そのかわり、おにいさま、すぐかえってきてちょうだいね」

「うん、すぐかえってくる」

きょうだいのない進は、かわいらしい少女から、おにいさまとよばれて、急にうれしくなった。

街燈の下に、ひとみをのこして、いまそのひとみが走ってきた道をいそいでいくと、むこうに噴水が見えてきた。その噴水を目あてに走っていくと、やがて池のほとりへ出た。

それにしても、血をはいた男というのは……？

池のほとりにも街燈が、二つ三つ立っている。進はその街燈の光で、池のほとりを見まわしていたが、ふと見ると、むこうのベンチの下に、たしかに人がたおれているようである。

進は、いそいで、そのほうへかけよったが、ベンチから五、六メートルほどてまえまで来たとき、とつぜん、かなしばりにあったように、全身が動かなくなってしまった。

進は、そのとき、なんともいえぬほどおそろしいものを見たのである。

ベンチの下にたおれているのは、たしかにさっき、新日報社へたずねてきた人のようだったが、そのからだの上を、世にもおそろしいものがうごめいているではないか。

それはクモだった。それも世の常のクモではなく、足をひろげた直径が一メートルほどもあろうと思われる、おばけのような大きなクモが、毛むくじゃらの足をひろげて、ふしぎな客のからだの上を、のそりのそりとうごめいているきみわるさ……。

青髪鬼現る

そのとき、ベンチのそばの植えこみから、さっととび出してきたひとつのかげ。進は思わず、あっと息をのみこんだ。そのかげに見おぼえがあったからである。

つばの広い帽子に、だぶだぶのマント。まぎれもなくそれは、さっきから、そこにたおれている男をつけていたかげではないか。

あやしい男は帽子の下から、ギロリと進の方をにらむと、つぎのしゅんかん、ステッキをあげて、さっと、クモの上へうちおろした。

と、ああ、なんというふしぎなことだろう。あのおそろしいクモのすがたが、けむりのように消えてしまったではないか。

「あっ！」

進は、思わず目をこすって見なおした。しかし、クモのすがたはどこにも見あたらなかった。ああ、夢かまぼろしか。あのおそろしいクモは、空気のように消えてしまったのだ。

あやしい男は、またギョロリと進の方をにらむと、たおれている男のそばにひざまずいて、ポケットのなかをさぐっている。それを見ると進は、かっと怒りがこみあげてきた。つかつかとそばへかけよると、

「なにをするんです。ひとのポケットをさぐったりして……あなたは、どろぼうですか」

しかし、男はへいきな顔で、あいかわらずポケットのなかをさぐっている。

「よしなさい、このひとは病気なんです。はやくかいほうしてあげなければ……」

「こいつは病気じゃないよ」

男がひくい、いんきな声でこたえた。

「こいつはもう死んでいるんだ。毒をのまされて死んでいるんだ。かいほうしても、もうおそい」

進は、はっと心臓がつめたくなった。

「だれが……だれが毒をのませたのです」

「それはいえない。おれにもまだ、はっきりわからないんだ。そんなことより、おい、

小僧」

男は、あいかわらずうつむいたまま、

「きさまは新日報社の小僧だろう。こいつが、新日報社で、だれかに封筒のようなものをわたしゃしなかったかね」

進は、はっと、いきをのみこんだ。さっきあずかったあの封筒。……あれなら、いま、じぶんのつくえのひきだしにあるのだ。

「いいえ、知りません。そんなこと知りません。それより、これはどういう人です」

「これか、この男はな、佐伯恭助《さえききょうすけ》といって、宝石王、古家万造の秘書だよ」

進はまた、ギョッと、息をのみこんだ。古家万造といえば、あのなぞの死亡広告を出された、犠牲者のひとりではないか。

「そして……そして、そういうあなたは？」

「おれか。おれはな、あの死亡広告を出した広告ぬしだ」

「えっ！」

「おどろいたか。あっはっは、あの広告はな、三人にたいする死刑の宣告なのだ。おれはいまに、あの三人を死刑にしてやる。殺してやるんだ。まず古家万造、それから神崎博士、さいごには、かわいそうだが月丘ひとみだ。おれはあの三人に復讐《ふくしゅう》してやるんだ。そして……そして、ぬすまれた大宝窟《だいほうくつ》をとりかえすんだ」

進は、全身が氷のようにひえていくのをおぼえた。男の声に、なんともいえぬ、おそろしい冷酷なひびきがあったからである。

「あなたは……あなたはいったい、だれだ」

「おれか、おれは復讐魔、青髪《せいはつ》の鬼《おに》だ！」

あやしい男は、とつぜんすっくと立ちあがり、街燈の下でさっと帽子をとったが、そのとたん、進はあまりのおそろしさに、おもわず二、三歩とびのいた。

それはまるで西洋のサタンか、あの世からきた亡者《もうじゃ》のようにおそろしい顔！

つりあがった目は鬼火のようにギラギラひかり、鼻がとがって、かっと大きくさけた口、ミイラのようにかさかさとして、しわのよった灰色のはだ。しかし、おそろしいのはそればかりではない。ライオンのたてがみのようにふりみだした髪の毛は、秋の空よりも、もっとまっさおではないか。

あとになって、そのときのことを考えると、進は夢を見ていたのではないかと、じぶんがうたがわれるくらいであった。

世の中には金髪のひと、銀髪のひと、赤毛のひと、またブルーネットといって、青みをおびた髪のひともある。しかし、秋の空よりまっさおな髪の毛なんて、いままで見たことも聞いたこともない。

けむりのように消えてしまった、さっきのあのおそろしいクモといい、ひょっとすると、じぶんは気がへんになったのではないかと、進は心ぼそくなったくらいである。

しかし進は、けっして気がへんになったのでも夢を見ていたのでもなかった。そいつ

はたしかに、まっさおな髪の毛をしていたのだ。その髪の毛をふりたてながら、

「おい、小僧！」

と、そいつは、きみのわるい声でわめいた。

「きさまの社には、たしか三津木俊助という名探偵がいたな。そうだ、ここに死んでいる佐伯が、新日報社へいったのも、三津木俊助にあいにいったにちがいない。おい、小僧！」

青髪の鬼は、ギラギラするような目で、進をにらみながら、

「きさま、これから社へかえったら、俊助のやつによくいっておけ。佐伯のやつにどんな話を聞いたにしろ、なにをあずかったにしろ、そんなことはなにもかも忘れてしまえとな。そして、あずかったものがあったとしたら、焼きすててしまえとな。そして、ぜったいに、この事件に手出しをしてはならんといえ。わかったか、わかったらいけ！」

あやしい男は、それだけいうと、くるりときびすをかえして、風のように、うす暗い、しげみのなかへかけこんだ。

「待て！」

進はあとから声をかけようとしたが、舌がこわばって声が出ない。追っかけようにも、足がいうことをきかないのである。

進は、しばらくぼうぜんとして、そこに立ちすくんでいたが、ちょうどさいわい、そこへ音楽会のかえりらしい、五、六人の男女がとおりかかった。

進は、はっと勇気をとりもどして、

「ああ、みなさん、お願いです。ここにひとが死んでるんです。おまわりさんを呼んできますから、それまで番をしていてください」

それだけいうと、進は、あっけにとられたひとびとを、そこに残して、あやしい男のあとを追いかけた。しかし、もうそのころには、あの青髪鬼のすがたは、どこにも見えなかった。

進は、ひとみを待たせておいたところまでかえってきた。ひとみのすがたも見えない。きっとこわくなったので、さきへかえっていったのだろう。

進は公園をとび出すと、交番の警官に、ひとが死んでいることをつげ、それから、ちゅうをとぶようにしてかえってきたのは新日報社。ちょうど会議もおわったらしく、俊助は、いましも、かえりじたくをしているところだったが、それを見ると進は、思わず大声でさけんでいた。

「あっ、三津木さん、たいへんです。さっきあなたに会いにきた、川崎というひとが、日比谷公園で死んでいます。毒をのまされて殺されたんです。そして、そのひとの名は、ほんとうは川崎ではなく、佐伯恭助といって宝石王、古家万造の秘書なんです」

ひといきにしゃべる進の話をきいて、俊助はいうにおよばず、まだ残っていたひとびとが、さっといっせいに、立ちあがった。

「探偵小僧、そ、それはほんとうか」

「ほんとうです、ほんとうです」

「よし！」

俊助が行こうとするのを、進はあわててとめると、

「あっ、三津木さん、あなたは行っちゃいけません。あなたには、まだ、もっともっとだいじな話があるんです。ほかのひとに行ってもらってください」

意味ありげな進の顔色を、俊助はじっと見ていたが、やがて強くうなずくと、

「よし、樽井《たるい》君、それじゃ、きみ行ってくれたまえ。わかいのを二、三人、それから写真班をつれていくんだぜ。探偵小僧、きみはぼくといっしょに、山崎《やまざき》さんの部屋へいこう」

山崎というのは編集局長である。進は、じぶんのつくえのひきだしから、あの封筒を取り出すと、胸をふるわせながら、三津木俊助のあとからついていった。

願いかなって進は、とうとう、世にもすばらしい事件にぶつかったのである。

三本の毛

さいわい、山崎編集局長もまだ部屋にいた。俊助は、いくらかこうふんのおももちで、

「山崎さん、ちょっとお耳をかしてください。どうやら探偵小僧がすばらしい特ダネをひろってきたらしいんです」

特ダネというのは、ほかの新聞社の知らない事件のことで、新聞記者として、特ダネをひろってくるほど大きな手がらはない。

「ほほう、それはそれは……まあ、かけたまえ」

山崎編集局長は五十二、三のたいへんおだやかな人がらだが、それに反して俊助は三十五、六、いかにも腕ききの新聞記者らしい、言語も動作もきびきびとした人物である。

「さあ、御子柴君、話してくれたまえ。ぼくに話したい、もっともっとだいじなことというのは、どういうことだね」

編集局長と腕きき記者をまえにして、進もちょっとかたくなったが、それでも問われるままに、さっきからのできごとを、のこらず話した。

山崎と俊助は、はじめのうち、たいへん興味をもって聞いていたが、話が、一メートルもあるクモが、けむりのように消えただの、髪の毛がまっさおだっただのという話になると、ふっと顔を見あわせた。

やがて、進の話がおわると、

「おい、探偵小僧、それ、ほんとの話かい。おまえ、あまり探偵小説を読みすぎて、へんな夢を見たのじゃないかい」

と、三津木俊助がいった。

「ちがいます、ちがいます。そんなことはありません」

「しかし、南洋やアマゾンの奥ならともかく、この日本に一メートルもあるクモがいるなんて、信じられないじゃないか。ましてや、それがけむりのように消えたなんて……」

「それに、秋の空より青い髪の毛なんて話も、いままで聞いたことがないね」

編集局長も、おだやかにことばをそえた。

「だって、だって、ほんとうなんです。ぼくも夢を見ているんじゃないかと思ったんです。しかし、夢じゃなかったんです。それに……」

進がくやしそうにさけんでいるときだった。つくえのうえの電話のベルが鳴ったので、俊助がすぐに受話器をとりあげた。

「ああ、ぼく、三津木……ああ、樽井君だね。どう？　日比谷公園のほう……えっ、ほんとに死体がある？　毒をのまされて……？　古家万造の秘書の佐伯にちがいないって？　それ、ほんとかい？　きみはどうして佐伯を知ってるの？　ああ、あの死亡広告の事件のとき、古家邸をおとずれて、秘書の佐伯にもあったんだね。よし、それじゃもうまちがいはないね。ときに、警官は佐伯だってこと知ってるかい？　なに、知らない？　しめしめ、それじゃ、だれにもいうな。特ダネだ、すばらしい特ダネだ！　それじゃね、あとはわかい連中にまかせて、きみはすぐに古家邸へとんでくれたまえ。しかし、万造にあっても、佐伯の殺されたことはいうな。うん、それじゃ、連絡を待っている」

ガチャンと受話器をかけてふりかえった、三津木俊助のひとみは、こうふんのために、もえあがるようだった。

「おい、探偵小僧、おれの頭を三べんぶんなぐってくれ。うたがってすまなかった」

「三津木君、それじゃ、探偵小僧の話は事実なんだね」

山崎編集局長も、こうふんしている。

「事実も事実、山崎さん、探偵小僧をほめてやってください。こりゃあ、たいした手がらですぜ。ときに探偵小僧、佐伯からあずかった封筒というのは……？」

三津木俊助にほめられて、進はよろこびにふるえながら、ポケットから封筒をとり出した。

俊助は取る手おそしと封を切ると、まず、なかからとり出したのは、うすい紙でつくった紙袋。すかして見ると、なかにはいっているのは、二、三本の髪の毛らしい。

俊助はふるえる指で、その紙袋の封をきると、なかから取り出したのは、長さ二十センチばかりの髪の毛三本。俊助は、それを電気の光ですかして見て、

「あっ、こ、これはいけない！」

「ど、どうした三津木君」

「あなたもぼくも、どうしたって、いやというほど、探偵小僧にぶんなぐってもらわなきゃいけませんぜ。ごらんなさい。この髪の毛は、秋の空よりまっさおです！」

山崎編集局長と三津木俊助は、しばらくぼうぜんとして、俊助の指さきにからんでいる、きみのわるい髪の毛を見つめていたがやがて編集局長は、かるいせきをして、

「いや、これでいよいよ探偵小僧の話が、事実であることがはっきりした。ときに三津木君、ほかにまだなにかあるようじゃないか」

編集局長に注意されて、俊助は気がついたように、三本の髪の毛をていねいに、もとの紙袋へしまいこむと、あらためて封筒のなかから取りだしたのは三、四枚の写真だった。

俊助はいちばん上にある写真を見るなり、

「あっ、探偵小僧、きみがさっきあった青髪鬼というのは、これじゃないか」

俊助からわたされた写真を見て、進はおもわずさけんだ。

「あっ、これです、これです、この人です。この人にちがいありません」

そこにうつっているのは、腰から上の半身像だったが、たしかにさっきの青髪の鬼にまちがいない。

つりあがった目にとがった鼻、かっと大きくさけた口、ミイラのようにかさかさとして、しわのよったはだ。……髪の毛は、つばの広い帽子のために見えないが、亡者のようなきみわるさは、たしかにさっきの男なのである。

編集局長も写真を手にとって見て、

「ふうむ、なるほど、きみのわるいやつだな。ときに三津木君、ほかのは……？」

「ちょっと待ってください、どうもみょうだな。ここにもう一枚、青髪鬼の写真があるんですが……ちょっと、その写真をかしてください」

俊助はさっきの写真をとりあげると、しばらく二枚の写真を見くらべていたが、

「山崎さん、ちょっと見てください。これは同じやつの写真のようでもあるが、どこか別人のような気もする。といって、こんなきみのわるいやつが、ふたりとあろうはずはないが……」

「どれどれ」

進も山崎編集局長のそばからのぞきこんだが、なるほど、俊助がまようのもむりはない。それはたいへんよく似た写真でありながら、そういえば、どこかちがうようなところもあるのだ。

「どうもへんだな。ぼくにもはっきりいえんが、まあ同じ人物じゃないかね」

「探偵小僧、きみの見たやつはどっちに似ている」

進はしばらく考えたのち、あとのほうを指さした。

「山崎さん、これは同じやつかもしれませんが、ねんのために、いちおう区別しときましょう」

三津木俊助はそういって、さきのほうの写真のうらに、青髪鬼第一号、あとのほう、すなわち進が指さした写真のうらに、青髪鬼第二号と書きいれた。

さて、写真は、ほかにもう一枚あったが、それは、どこかの海岸らしく、うちよせる波のなかに烏帽子《えぼし》のような形をした岩が、にょっきりとそびえているのだ。ほかにくらべるものがうつっていないので、ほんとの大きさはわからないが、かなり大きな岩のよ

うに思われる。

「はてな、この写真は、どういう意味だろう」

「三津木君、もう一枚紙きれがあるじゃないか。それに、なにか書いてないかね」

俊助はその紙きれをひらいてみて、思わず大きく目をみはった。

なんと、そこに書いてあるのは、一ぴきの大きなクモではないか。そして、そのクモの形の上の余白に、なにやら符号のようなものが、二、三行書いてあったが、俊助がそれを調べようとしたときだった。

卓上電話が、またけたたましく鳴り出したので、俊助はいそいで受話器をとりあげた。

「もしもし、新日報社ですか。三津木俊助さんはいらっしゃいますか」

とおく、かすかに、しゃがれた声がきこえる。

「ぼく、三津木ですが、どなた……？」

「ああ、そう、こちらは古家万造です」

「えっ？」

「ほら、いつか死亡広告を出された古家万造です」

「ああ、わかりました。で、なにかご用ですか」

「そちらへきょう、うちの秘書の佐伯がいったはずですが、まだいますか」

「ああ、佐伯さんなら、お見えになったことはお見えになりましたが、ぼくが会議中だったので、待ちきれなくて、おかえりになりましたが……」

「それじゃ、お会いにならなかったんですね」

「ええ、会えませんでした」

「佐伯は、なにかあずけていきゃあしませんでしたか」

「いいえ、べつに……」

電話のぬしは、しばらくかんがえているふうだったが、きゅうに声をふるわせて、

「じつはね、三津木さん。あんたに、ひとつお願いがあるんです。それで、きょう佐伯をさしむけたんですが……わたしは、ある男に命をねらわれているんです。そいつは、じつに、じつに、おそろしいやつなんです。そいつがちかごろ、わたしの身辺につきまとって……あっ！」

「ど、どうしました。古家さん、もしもし、もしもし……」

「た、たすけてくれえ！　クモ……クモだ、クモだ！　おばけグモだ、……あっ、き、来た！　青髪鬼だ、……た、た、す、け、て……」

声が、しだいに細くなっていったかと思うと、なにか、ドサリとたおれる音がして、あとは墓場のようなしずけさ……。

怪盗出現

「もしもし、もしもし、どうかしましたか。古家さん、古家さん、もしもし……」

俊助は電話にしがみつき、やっきとなってさけんでいたが、するとしばらくたって、

「新日報社の三津木俊助かい」

と、聞えてきたのはいままでとは、まるでちがったいんきな声。

「おれは青髪鬼だ。いま、復讐第一号をやってのけた。古家万造をころしたのだ」

「な、な、なんだって！」

俊助は全身の毛という毛が、いちどにさかだつ感じだった。

「なにもおどろくことはないさ。これがおれの復讐の手はじめだ。このつぎは神崎博士、それからさいごは月丘ひとみだ。あっはっは、よくおぼえておくがいい。あっはっは」

ほら穴から吹きぬけてくるような、きみのわるい声をあげて笑うと、ガチャリと受話器をかける音。俊助は、はっとわれにかえると、てみじかにいまの電話のようすを、山崎編集局長や進に話をして、

「山崎さん、とにかくぼくは、これからすぐに古家邸へいってみます。探偵小僧、きみもぼくと、いっしょに来たまえ」

と、大いそぎで出かけようとしたが、きゅうに気がついたように、進が佐伯秘書からあずかった封筒のなかから、取りだしたのは、クモの暗号をかいた紙きれである。

「この暗号はぼくがおあずかりしておきます。写真や青い髪の毛は、山崎さん、あなたがあずかっておいてください。さあ、いこう」

と、自動車をよんだ三津木俊助は、探偵小僧の御子柴進をつれて、新日報社をとび出

したが、それからものの十分もたたぬうちに局長室のドアをたたく音。

「だれ……？」

と、山崎がたずねると、

「ぼくです。三津木俊助です」

「三津木君？　なにか忘れものかい。おはいり」

「はあ、ちょっと……」

まぶしそうに光線をよけながらはいってきた、三津木俊助の顔を見て、

「忘れものってなんだい？」

と、山崎がたずねると、

「さっきの封筒、あれはやっぱり、ぼくが、持っていたほうがよいと思うのですが……」

「ああ、そう」

デスクのなかから取りだした封筒を、なにげなくわたそうとして、とつぜん、山崎編集局長は、大声でさけんだ。

「あ、ち、ちがう。きみは三津木俊助じゃない。よくにているけれどちがっている！」

「あっはっは、見やぶられましたかな。とにかく、その封筒をわたしてもらいましょうか」

見ると、俊助ににたあやしい男は、しっかりピストルをにぎっているではないか。

「き、きさまはいったいだれだ。なにものだ」

「白蠟仮面《びゃくろうかめん》！」

「な、な、なんだって！」

山崎がびっくりして、とびあがったのもむりはない。

ああ、白蠟仮面！　白蠟仮面といえば、いま日本中でかくれもない怪盗ではないか。全国の警察では、血まなこになってこの怪盗を追っかけまわしているのだが、いまだにつかまえることができないのだ。

神出鬼没《しんしゅつきぼつ》というのはこの怪盗のこと。白蠟仮面という名があっても、かくべつ仮面をつけているわけではなく、まるで蠟《ろう》でつくってあるように、自由自在に顔がかわるというところから、だれいうとなく白蠟仮面。つまり変装の名人なのである。

その白蠟仮面が、よりによって、三津木俊助にばけてやってきたのだから、山崎がおどろいたのもむりはない。

山崎はあいてのゆだんを見すまして、そっとベルを押そうとしたが、それを見るより、すばやくおどりかかった白蠟仮面。

「おっとっと、そんなことをしちゃいけない。あなたにはこのピストルが目にはいりませんか」

と、よこっ腹にピストルをおしつけると、山崎をいすにしばりつけ、さるぐつわまでかませてしまった。

「あっはっは、しばらくのごしんぼうだ。すぐに人をよこしてあげますからね。それじゃ、この封筒は、もらっていきますぜ。わたしもこの事件には興味を持っているんだ。ひとつ新日報社と競争で、この事件を調査していこうじゃありませんか。あっはっは」

三津木俊助にばけた白蠟仮面は、封筒をポケットにおさめると、ペコリと山崎編集局長におじぎをして、ゆうゆうとして局長室から出ていったのだった。

おそろしき影

さて、話はすこしまえにもどって、こちらは新日報社の樽井記者である。

日比谷公園で佐伯秘書の死体をしらべると、すぐそのことを、俊助に電話で報告したが、そのときの俊助のさしずによるとその足で古家邸へいけとのこと。そこで自動車をとばしてやってきたのが小日向台町《こびなただいまち》。万造のすまいは坂の上にある。

樽井記者は坂の下で自動車をおりると、まっくらな夜道をのぼっていったが、すると、そのときだしぬけに、くらがりのなかから出てきたかげが、ふらふらと樽井記者のそばへよってくると、

「すみません、たばこの火をかしてください」

なんともいえぬ、いんきな声でいった。

樽井記者がマッチ箱を出してわたすと、あいては無言のままマッチをすったが、そのとたん、樽井記者は全身につめたい水でもかけられたようなきみのわるさを感じた。

ああ、なんというおそろしい顔！　鬼火のようにギラギラひかる目、とがった鼻、かっと大きくさけた口、ミイラのようにかさかさとして、しわのよった灰色のはだ。……くらがりのこととて、髪の色までは見えなかったが、これこそさっき日比谷公園で、進をおどろかせた青髪鬼！

「いや、ありがとう」

青髪鬼はたばこに火をつけると、マッチを樽井記者にかえして、ふらりふらりと坂をのぼっていく。

もしこのとき樽井記者が、探偵小僧の話をきいていたら、まさかそのまま、この男を、見のがすようなことはなかっただろうが、なにも知らなかったのだからしかたがない。

「なんという、きみのわるいやつだろう」

樽井記者はしばらくうしろすがたを見おくっていたが、やがて気をとりなおして、これもまた坂をのぼっていった。しぜん樽井記者は、青髪鬼のあとをつけていくかっこうになった。

やがて青髪鬼は坂をのぼって、一けんの洋館のまえまでくると、きゅうにそわそわと、あたりを見まわしはじめた。それを見ると樽井記者は、また、ギョッと息をのみこんだ。いま、あやしい男がようすをうかがっているその家こそ、万造のすまいなのである。

あやしい男はしばらくようすをうかがっていたが、やがてヒラリと身をひるがえして、とびこんだのは門のなか、樽井記者がおどろいて、門のまえまでかけつけてきたときには、あやしい男は、もうかげもかたちも見あたらなかった。

それでは、あのきみのわるい男は、万造の知りあいなのだろうか。それにしても、がてんのいかぬあのそぶり……と、樽井記者が考えこんでいるところへ、やってきたのは警官である。

「どうかしましたか」

「ああ、おまわりさん。ぼくは新聞社のものですが、いまこの家へあやしい男がとびこんだんです」

と、てみじかに、いまの話をすると、

「ああ、そう、それじゃちょっと、家人に注意しておきましょう」

と、門をはいった警官が、げんかんのベルを押そうとしているところへ、聞えてきたのは、電話をかけている声である。

「ああ、ご主人の声ですね」

警官は万造を知っているらしく、安心のいろをうかべたが、そのとき、とつぜん聞えてきたのが、さっき三津木俊助が、電話で聞いたあの声だった。

「た、たすけてくれえ！　クモ……クモだ、クモだ！　おばけグモだ、……あっ、き、来た！　青髪鬼だ、……た、た、す、け、て……」

樽井記者と警官は、それを聞くと顔見あわせて、思わずゾッと身ぶるいした。

「おまわりさん、庭の方へまわってみましょう」

げんかんのわきからくぐりをくぐって、庭へまわると洋間の窓に、あかあかとあかりがついているのが見えたが、なにげなくその窓へ目をやったとたん、樽井記者も警官も、全身の血がこおるようなおそろしさをかんじて、その場に立ちすくんでしまった。

カーテンのかかった窓のうらがわを、のそりのそりとはいまわっているのは、なんと、直径一メートルもあろうという、大きなおばけグモではないか。

あまりのことに、ぼうぜんと立ちすくんでいるふたりの耳に、そのとき、へやのなかから聞えてきたのは、ひくい、いんきな声だった。どうやら電話をかけているらしい。

やがてその声もとぎれて、ガチャンと受話器をかける音がしたかと思うと、くっきり庭にうつったのは、ライオンのたてがみのように、髪ふりみだした男のかげである。

「あっ、さっきの男だ！」

樽井記者が思わずそうさけんだとき、室内の電気が消えて、おばけグモのすがたも、ライオンのたてがみのように、髪ふりみだした男のかげも、やみにのまれてしまった。

「おまわりさん、なにかあったのではないでしょうか」

「よし、なかへはいってみましょう」

樽井記者と警官は、窓のそばへかけよったが、窓はふつうの洋室よりずっと高くて、とても足場なしではのぼれそうもない。

「おまわりさん、ぼくがだいてあげましょう」

「そうですか。すみません」

樽井記者にだかれて、やっと窓のふちへのぼった警官は、ガラス戸をたたきながら、

「古家さん、古家さん、どうかしましたか」

声をかけたが返事もなく、家のなかは墓場のように、しーんとしずまりかえっている。

「おまわりさん、窓はあきませんか」

「ええ、かけ金がかけてあるようです。しかたがない。ガラスをこわしましょう」

警官はガラスをこわして窓をひらくと、ヒラリとなかへとびこんだ。それから、からだをのりだして、手をのばすと、

「さあ、きみも来たまえ」

「おねがいします」

警官に手つだってもらって、やっと窓からとびこんだ樽井記者。もしや、さっきのあやしい男やおばけグモが、くらがりのなかからとびついて来はしないかと、用心ぶかく身がまえながら、懐中電燈でへやのなかを見まわした。

しかし、まっくらなへやのなかには、もののけはいは、さらにないのだ。

警官も懐中電燈の光で、へやのなかをしらべていたが、やっとスイッチのありかを見つけたらしく、カチッとそれをひねると、へやのなかが急に明るくなった。

しかし、そこにはなにひとつ、かわったことも見あたらないのである。窓にうつったあやしい男も、あのおそろしいおばけグモも、かげもかたちも見えない。

樽井記者はあいているドアに目をとめ、

「ああ、あそこからにげだしたのにちがいない。いってみましょう」

ふたりはろうかへ出ると、家中しらべてまわったが、どこにも人かげはない。

「へんですねえ。おまわりさん、この家には万造さんのほかにだれもいないのですか」

「いや、佐伯という秘書と、飯たきばあさんがいるんですが……そうそう、ばあさんのほうは今夜一晩、おひまが出たから、親類のうちへとまってくると、夕がた出かけていくのにあいました。しかし、佐伯秘書は……？」

その佐伯秘書なら、いま死体となって、日比谷公園によこたわっているのだ。

「とにかく、もういちど、さっきのへやをしらべてみましょう」

と、もとのへやへとってかえして、あたりを見まわすと、すみのほうに大きなデスクがあり、その上には卓上電話、万造はたしかにさっき、この電話にむかっていたのである。

樽井記者はデスクのむこうにまわり、なにげなく、押入れのドアをひらいたが、そのとたん、ワッとさけんでとびのいた。

樽井記者がドアをひらいたとたん、押入れのなかからクタクタところげ出してきたのは、パジャマを着た白髪の老人。しかもその首には、くいいるばかりに赤い絹のひもが巻きついているではないか。

「あっ、古家万造さんだ！」

警官にいわれるまでもなく、樽井記者も知っていた。それこそ日本一の宝石王、古家万造老人にちがいない。

「し、死んでるんでしょうね、むろん……」

樽井記者が声をふるわせた。警官は、床にたおれている万造の胸に、だまって手をあてていたが、急に目をかがやかせて、

「いや、心臓がかすかに動いている。これはひょっとするとたすかるかもしれない」

警官は大いそぎで医者に電話をかけると、ついでに警察へも報告した。樽井記者もそのあとで、新日報社へ電話をかけようとしたが、そこへげんかんのベルの音。

三津木俊助が探偵小僧の御子柴進とともにやっとかけつけてきたのである。

奇怪な博士

さあ、それからあとの大さわぎは、いまさらここに書きたてるまでもないだろう。医者がくる。警官がおおぜいかけつけてくる。古家邸は上を下への大さわぎ。

さいわい、医者の手あてがよかったのか、万造はまもなく息をふきかえしたが、しかし生きかえったのは、からだだけのこと、たましいは死んだもおなじだったのだ。というのは、恐怖のためか万造は、気がくるっていたのである。

「ああ、クモだ……クモだ。おそろしい、おばけグモだ。あっ、き、来た、青髪鬼!」

白髪をふりみだし、口からあわをふきながらくるいまわるきみわるさ。探偵小僧の御

子柴進は、身の毛のよだつようなおそろしさを感じないではいられなかった。

「これはいけない。佐伯秘書はころされ、万造さんが気がくるっては、いったい、この事件は、どこから手をつけていったらよいのか……」

さすがの俊助も当惑したような顔色である。

それはさておき、御子柴進は、警官たちがごったがえしているへやから、そっとろうかへぬけ出した。警官たちの捜査のじゃまをしてはならぬと思ったからだが、もうひとつ、ほかに目的があったのだ。

樽井記者が、さっき俊助に報告しているのを聞くと、すこしへんだと思われた。

「ぼくはあの窓からとびこむと、すぐに警官とふたりで、家中しらべてまわったんです。そのとき、げんかんも勝手口も、また、どのへやの窓という窓も、ぜんぶ、なかからげんじゅうにしまりがしてあったんです。それなのに、あやしい男もクモのすがたも、かげもかたちも見えませんでした。いったい、あいつは、どこからぬけだしたのでしょう」

進はいまそのことを考えていた。ひょっとすると青髪鬼は、まだこの家のどこかにかくれているのではあるまいか……。

そこで探偵小僧の御子柴進は、右往左往する警官たちのあいだをぬけて、そっと二階へあがってみた。家族のすくない万造の家は、さほどひろくはない。階下が五間に二階が三間、それから、その上の、屋根うら部屋が物置きになっている。

階段をあがると二階のろうかには、さっき警官がつけていった電気があかあかとついていた。そして、そこから屋根うら部屋へあがっていく、せまい、きゅうな階段がついている。進は足音に気をつけながら、そっとその階段をのぼっていった。

階段をのぼると、そこはせまいろうかになっていて、ひくい天井から、二十ワットぐらいのくらいはだか電球がぶらさがっている。そして、そのかたわらに物置きのドアがあるのだ。

進はその物置きのドアに手をかけたが、とつぜん、ギョッとしたように息をのみこんだ。それから、あわててあたりを見まわすと、さいわい目についたのは、ろうかのすみに投げ出してある、やぶれソファである。

進はあわててそのうしろへ身をかくしたが、そのときだった。物置きのドアが、そろそろなかからあいたかと思うと、そうっとのぞいた男の顔……。

進はその顔を見たとたん、心臓がとまってしまいそうなほどびっくりした。

それもそのはず、ロイドめがねをかけたその顔に、進は見おぼえがあったのである。それこそ、万造や月丘ひとみといっしょに、なぞの死亡広告を出された理学博士、神崎省吾ではないか。

それにしても、神崎博士がどうしてこの家の、屋根うら部屋の物置きなどにかくれていたのだろう。見ると髪はみだれ、ネクタイはゆがみ、洋服もほこりまみれである。

しかも、その顔つきのおそろしさ。階段の上に立って、じっと下のようすをうかがっているその顔は、異様にねじれて、なんともいえぬほどきみがわるいのだ。

進は心臓がガンガンおどるのを感じた。全身から、ねっとりとつめたいあせが吹きだすのをおぼえた。

それというのも進は、もっともっとおそろしいことに気がついたからである。

神崎博士の、上着のポケットからはみ出しているのは、なんと、ふさふさとした、まっさおな髪の毛ではないか。

わかった、わかった。それは青い髪のかつらなのだ。そして、そういうかつらを持っているからには、神崎博士こそ青髪鬼なのではあるまいか。

あまりのおそろしさに進が、ふるえあがったひょうしに、ガタリといすが鳴ったからたまらない。

さっとふりかえった神崎博士は、ねこのように足音もなくとんできたかと思うと、

「あっ、こんなところに人が……」

しゃがれ声でそういいながら、いきなり、進の肩をつかんで、ずるずるとそとへ引きずり出した。その形相のおそろしさ……。

白蠟仮面

「小僧！」

神崎博士はかみつきそうな顔色で、進をにらみながら、

「あのさわぎはなんだ。下ではなにを、あのようにさわいでいるんだ」

「それをあなたは知らないんですか。あなたが知らぬはずはない」

「なに？　わたしが知らぬはずはないって？」

「そうです、そうです。古家万造さんを殺そうとしたのはあなたでしょう。そして、警官が来たからここにかくれていたんでしょう？」

「な、な、なんだって？　古家万造を殺そうとした？　そ、それじゃ万造は死んだのか」

神崎博士のおどろきが、あまり大きかったので、進も、ちょっとへんに思った。

それではこの人はほんとうに、万造が殺されかけたのを知らなかったのか。それとも、じょうずに、しらばくれているのか……。

「いいえ、古家さんはたすかりました。しかし、死んだもおなじです。あのひとは、気がくるってしまったんです」

「なに、気がくるってしまったと……？」

神崎博士はものすごい顔をして、グイグイと進の肩をゆすりながら、

「しかし、小僧。おまえはなぜわたしを犯人だと思うんだ。こんなところにかくれていたからか」

「いいえ、そればかりではありません。あなたのポケットから青髪鬼のかつらが……」

「なに、青髪鬼のかつら……？」

神崎博士はギョッとしたように、じぶんのポケットを見たが、すぐかつらをつかみだすと、悲鳴をあげて、床にたたきつけた。

「おれは知らん、おれは知らん、こんなかつらなど、見おぼえはない!」

神崎博士が、だだっ子みたいに、足ぶみをしているすきに、進はにげだそうとしたが、すぐにとっつかまってしまった。

「待て、小僧、にげることはならん。それから、声をたてると、しょうちせんぞ」

神崎博士は、きゅうに声をひそめて、

「それじゃ、万造を殺そうとしたのは、青い髪をした男か」

「そうです、そうです。青い髪の男がこの家へ、はいるところを見たひとがあるんです。それから、古家さんの殺されかけたへやの窓に、そいつのかげがうつっていたんです」

「そして、いま下へ来ているのは警官だな」

「はい、おおぜい来ています」

神崎博士は、しばらくだまって考えていたが、きゅうに強く進の肩をゆすぶると、

「小僧、おれはなにも知らないんだ。だれかにわなにおとされたんだ。万造の代理だというやつから電話がかかって、すぐこの家へ来てくれということだった。そこでおれはやって来たんだ。晩の七時ごろだった。ところが……おい小僧、聞いているのか」

「は、はい、聞いています」

「ところが、ここへ来てみるとだれもいないんだ。へんに思って書斎へはいると、デス

クのうえに万造のおき手紙がおいてあった。すぐかえるから待ってくれというんだ。手紙のそばには、ウィスキーと葉巻きがおいてあった。そこで、ウィスキーを飲み、葉巻きをすっているうちに、おれは気がとおくなってしまったんだ。小僧、聞いているだろうな」

「は、はい、よく聞いています」

「よし、さて、それから気がつくと、おれは、この物置きのボロくずかごのなかにおしこめられていた。そこで、いま、びっくりしてとびだして来たところなんだ。だから……だから、万造を殺そうとしたのはおれではないし、おれは、そんなかつらなど見たこともない」

「しかし、それならなぜ下へおりていって、警官にそのことをいわないんです」

「いやだ！　おれはいま警官にあいたくないんだ。おれはここからにげ出す。だから、小僧、あとで、いまのことを警官にいってくれ」

「に、にげ出すんですって？」

「そうだ。だから、小僧、しばらくきゅうくつな思いをさせるがしんぼうしろ！」

そういったかと思うと神崎博士、いきなり進の口にハンケチをおしこみ、声をたてさせないようにしておいて、ずるずると、首すじとって物置き部屋へひきずりこんだ。

深夜の自動車

ちょうどそのころ、下の部屋では、俊助が探偵小僧のすがたが見えないことに気がついていた。警官にきいてみると、二階へあがっていったようだということである。

そこで俊助も二階へあがってみたが、進のすがたはどこにも見あたらない。

「三階じゃないでしょうか。三階にも電気がついているようですから」

いっしょに来た樽井記者のことばだった。

「よし、いってみよう」

三階へあがってきた俊助は、床に落ちている、ふさふさとしたものを見つけた。なにげなくそれをひろって見て、

「あっ、こ、こりゃ青い髪のかつらだ」

「三津木さん、それじゃさっきのやつは、かつらをかぶっていたんでしょうか」

「そうかもしれん。しかし、探偵小僧は……」

ふたりがあたりを見まわしているところへ、聞えてきたのはうめき声。

「あっ、ありゃなんだ！」

「三津木さん、このドアのなかからです」

ドアのなかはまっくらだったが、俊助が、かべをさぐってスイッチをひねったので、

すぐ電燈がついた。見ると部屋のなかには、がらくた道具がいっぱいつんであったが、うめき声は、そのがらくたの奥から聞えてくるのだ。

「三津木さん、あっちだ、あっちだ」

がらくたをかきわけていくと、いちばん奥に、ボロをいっぱいつめた大きなかごがおいてあった。そのボロをとりのけると下からあらわれたのは、さるぐつわをはめられて、たかてこてにしばられた探偵小僧。

「あっ、探偵小僧だ。だれがこんなことをしたんだ!」

いそいでさるぐつわをといてやると、

「神崎博士です! 三津木さん、神崎博士がいまその窓からにげ出したんです。すぐあとを追っかけてください」

「なに、神崎博士が……?」

その物置きには小さな窓がひとつある。それを開くとすぐ下に、二階の屋根が見えたが、いましもその屋根を四つんばいになっていくのは、いうまでもなく神崎博士。

「待て!」

俊助もすぐに窓からとびおりると、

「樽井君、きみはこのことを下の警官たちに知らせてくれたまえ」

「三津木さん、ぼくもいきます」

いましめをとかれた探偵小僧も、ヒラリと窓からとびおりた。

さて、こちらは神崎博士、やっと屋根のはしまでにげてきたが、下を見ると七、八メートルもある高さ、とても、とびおりることはできない。しかも、あとから俊助と探偵小僧が追っかけてくるのだ。

進退きわまった神崎博士がむこうを見ると、へいごしに、となりの家の屋根が見えた。その間やく三メートル。しかし、となりの家は平家だから、こちらよりだいぶ低いのだ。

神崎博士は五、六歩あともどりをすると、ぱっと反動をつけてとびおりた。そして、しゅびよく、となりの屋根へとびうつると、そこから地面へとびおり、すばやく植えこみのなかへもぐりこんだ。

「おまわりさん、あっちだ、あっちだ。となりの家へもぐりこみましたよ」

さけんでいるのは俊助である。それからドサッと音がしたのは、そっちの屋根へとびうつったのだろう。

神崎博士はむちゅうになって、植えこみのなかをもぐっていったが、とつぜん、くらやみのなかから手をつかんだものがある。

「あっ！」

思わずさけぼうとする博士の口をおさえて、

「しっ、だまってぼくについてきたまえ。おもてはあぶない、警官がやってくる」

ふしぎな男は博士の手をとり、植えこみをぬけると、境のへいをのりこえてとなりへはいる。博士もあとからついていった。こうして博士は奇怪な男に手をとられ、へいをのりこえ、垣根《かきね》をくぐって、むちゅうでにげていったが、やがてせまい坂へ出た。

「さあ、大いそぎだ。ぐずぐずしてると警官にとっつかまるぞ」

あいてにいわれるまでもない。あちこちにあわただしい警官の足音がきこえてくるのだ。

博士はふしぎな男のあとについて、坂を走りおりたが、見ると、坂の下には自動車が一台待っている。

「さあ、これに乗りたまえ」

「しかし、そういうあなたは……？」

見るとあいては帽子をまぶかにかぶり、オーバーのえりを立てているので、見えるものといっては、ふたつの目ばかりである。

「そんなことはどうでもいい。はやくこれに乗りたまえ。ほら、警官の足音がする」

しかたがないので、乗りこむ博士のうしろから、ふしぎな男も乗りこむと、すぐに自動車は走りだした。

ふしぎな男は上きげんで、

「あっはっは、いったいだれが警官に追われているのかと思ったら、あんたは神崎博士ですね」

「そういうあなたは……」

「ぼくかい、ぼくは白蠟仮面……」

「な、な、なんですって！」

「しずかにしたまえ。警官にとっつかまるよりましだろう。あっはっは！」

そういいながらポケットのなかから、神崎博士のよこっ腹へ、ぴったりとおしつけたのはピストルである。

まっさおになって、そのままだまりこんでしまった神崎博士と、怪盗白蠟仮面のふたりを乗せて、自動車は深夜の町をまっしぐらに……。

ふしぎな贈物

さあ、翌日の新日報はとぶような売れゆきだった。それはそうだろう。ほかの新聞は古家邸の怪事件を、ほんのちょっぴりしか書いていないのに、新日報は社会面ほとんど全部を、この怪事件でうずめているのである。

日比谷公園の殺人事件——一メートルもあるおばけグモ——なぞの青髪鬼——古家邸の怪事件——神崎博士の奇怪な行動——しかも、いま大ひょうばんの怪盗白蠟仮面が、この事件に首をつっこんでいるというのだから、これほどすばらしい事件はなかった。

こうして、ほかの新聞社の知らない事件をさぐりだすのを、特ダネをつかむという。新聞記者として、すばらしい特ダネをつかむほど、大きな手がらはないのだが、こんどのばあい、それをさいしょにつかんだのは御子柴進だから、さあ、探偵小僧は、いちやく社内の人気者、ヒーローになってしまった。

「やあ、探偵小僧、えらいぞ。すばらしい特ダネをつかんできたじゃないか」

「なあに、犬もあるけば棒にあたるですよ」

「あっはっは、けんそんするな。よしよし、いまにボーナスが出るからな、そしたら、おれたちにおごるんだぜ」

などと、ぬけ目のない人もいる。

それはさておき、警視庁はいうにおよばず、新日報社でもやっきとなって、青い髪の男と神崎博士のゆくえをさがしたが、一週間たっても二週間たってもわからない。

だから、神崎博士が青髪鬼だったのか、それとも博士のいうとおり、だれかに罪をなすりつけられようとしているのか、それもさっぱりわからなかった。

古家万造さえ正気でいたら、少しは事情がはっきりするのだろうが、その万造は気がくるって、うちに閉《と》じこめられているのだから、その口から聞くこともできないのだ。

こうしていたずらに三週間がすぎた。

「ねえ、三津木さん、だいじょうぶですか」

ある日、探偵小僧が心配そうにいった。

「なにが……？」

「ひとみさんはおばあさんと、ただふたりで住んでいるんでしょう。もしや青髪鬼が……」

月丘ひとみには両親がなく、秋子という祖母とただふたりで、中野に住んでいるということを、進はだれかに聞いていたのである。

「ああ、そのことならだいじょうぶ。あの晩からひとみさんの家は、げんじゅうに警官が見はっているから、青髪鬼にしろ神崎博士にしろ、指一本さささせやしないさ」

「それなら、安心ですけれど……」

とはいうものの進は、やはり心配でたまらない。どういうわけで青髪鬼は、年はもいかぬ、かわいい少女をつけねらうのだろうと思うと、腹がたってくるくらいだった。

ところがそういう話をしているところへ、俊助のところへ、受付から電話がかかってきた。

「三津木さん、ご面会です」

「どういうひと……？」

「月丘秋子さんというかたです」

「なに、月丘秋子さん！」

俊助はびっくりしたようにさけんだが、

「いや、ああそう。それじゃ応接室……いや、ちょっと待て。それより編集局長の部屋へ、ご案内してくれたまえ」

電話を切ると俊助は、進と顔見あわせて、

「おい、探偵小僧。うわさをすればかげとやらだ。きみもおれといっしょに来い！」

山崎編集局長にわけを話して、待っているところへ、はいってきたのは、六十ばかりの上品なおばあさんだった。俊助はいままでになんども会っているらしく、

「いらっしゃい、おばあさん。ひとみさんがどうかしましたか」

「いえ、あの、そういうわけではございませんが、ちょっと心配なことができまして……三津木先生、これをごらんください」

秋子が、ふところから取り出したのは一通の手紙である。月丘ひとみ様とあて名だけであって、差出し人の名まえは書いてない。

なかを見ると、こんなことが書いてあった。

月丘ひとみ様
三月十五日はひとみさんの誕生日ですね。毎年のとおり、ことしもおくりものをしようと思うのだけれど、つごうがわるくておくれない。すまないけれど、きみのほうから取りにきてください。十五日の晩、七時きっかりに、銀座尾張町《おわりちょう》の三越《みつこし》のまえで待っていてくれれば、おじさんのほうから出むきます。きっと、まちがえないように。
サンタのおじさんより。
なお、このことは、ぜったいにおまわりさんにいってはいけません。

それを読むと俊助は、思わず山崎編集局長や進と顔を見あわせた。

「おばあさん、ひとみさんの誕生日には、毎年おくりものがくるのですか」

「はい」

「だれがおくってくれるんです」

「それが、だれだかわからないんです」

一同はまた顔を見あわせた。

「いつごろからですか、それ……」

「ひとみの父がなくなったつぎの年からですから、ひとみの六つのときからです」

「ひとみさんのおとうさんというのは、どういう人でした？」

「それがよくわかりませんの。ひとみの祖母といいましても、ひとみの母がわたしの娘でしたから、ひとみの父のことはよくぞんじません。名まえは月丘謙三《けんぞう》ともうしましたが」

「すると、ひとみさんのおとうさんがなくなられた翌年から、毎年ひとみさんの誕生日には、だれからともなく、おくりものがくるんですね」

「はい」

「そのおくりものとは、どんなものなんです」

「はい、あの、それが……いつもきまってダイヤモンドでした」

「ダ、ダ、ダイヤモンドですって！」

俊助はじめ一同は、思わずおどろきのさけびをあげた。

「おばあさん、そ、そして、そのダイヤモンドというのは、りっぱなものなんですか」

「そうだろうと思います。わたしはいつもそれを売って、一年の生活費にしていたのです。ひとみの父が、一文も財産をのこしてくれなかったものですから……」

俊助はまたおどろきの目を見はった。

祖母と、まごのふたりきりとはいえ、ひとみの家には女中もおり、かなりよいくらしなのである。それをささえていくとすれば、よほど上等のダイヤモンドにちがいない。

そのとき、俊助や進のあたまに、さっとひらめいたのは青髪鬼のもらした、大宝窟ということばだった。

ひょっとすると、そのことと、なにか関係があるのではなかろうか。

「おばあさん、あなたは古家万造や神崎博士という人を、ほんとうに知らないんですか」

それはいままで、なんども切りだした質問だが、いま、俊助は、それをくりかえさずにはいられなかった。

「いいえ、ほんとうにぞんじません」

「ひとみさんのおとうさんから、そういう名まえを聞いたおぼえはありませんか」

「いいえ、いちども。謙三さんという人はいつも旅行がちで、めったに家にいない人でした。ひとみの母がなくなってから、いつもわたしとひとみがおるすばんで、たまにかえってきても、うちとけて話すこともございませんでしたから、あの人のことについては、わたしはほとんど、なにも知りませんの」

「なくなられたのはお宅で……？」

「はい、急性肺炎でした。ほんとにきゅうで。……十二月もおしつまったころでした。まえにもうしましたとおり、謙三さんは、一文も財産をのこしてくれなかったので、幼いひとみをかかえて、わたしはとほうにくれていたのですが、そこへ翌年の三月十五日に、どなたかダイヤモンドを、おくりものにくだすったので……」

俊助はまた、山崎編集局長や探偵小僧と顔を見あわせた。秋子はしずかに涙をふき、

「ねえ、先生、どうしたものでございましょう。悪いこととは思いながら、わたし、いつのまにかおくりものをあてにするくせがついてしまいまして、今年ちょうだいできないと、こまってしまいますの。とはいえ、ひとみをひとりで出してやってよいものやらわるいものやら……」

俊助はだまって考えていたが、やがて、きっぱりと、

「いいでしょう。おばあさん、この手紙のとおりにしてごらんなさい。ひとみさんはぼくたちで、きっとお守りしてみせますから」

しかし、ああ、そんなことをしてよいのだろうか。ひとみのゆくてには、恐ろしい、わながしかけてあるのではないだろうか。

ふたり俊助

さて、十五日の晩のこと、三越のよこの暗いところに、人待ちがおに立っているひとりの少女は、いうまでもなく月丘ひとみ。新聞記者の三津木俊助にはげまされて、ふしぎな手紙のいうとおり、今夜ここへ来たのである。

銀座の通りには、ネオンがしだいにあかるさをまし、あたりは織るようなひとどおり。そのなかに、たったひとりで立っているひとみの胸は大きく不安にとざされていたが、それでも俊助や探偵小僧の御子柴進が、どこかで見まもっていてくれるというので、勇気をだして約束の時間を待っていた。

そのひとみからすこしはなれたところに、浮浪児みたいな少年が、ぼんやり地面にうずくまっている。ひとみは気がつかなかったが、その少年こそ探偵小僧の御子柴進だ。

さて、かどの服部の大時計が、約束の七時を報じたが、と、このとき、東銀座の方角からやってきた自動車が、ピタリとひとみの前にとまると、

「やあ、ひとみちゃん、待たせたね」

と、運転台からなれなれしく声をかける男の顔を見て、ひとみはびっくりしたように目を見はった。

「あら、三津木先生。どうしたんですの」

「あっはっは、なんでもいいから、この自動車にのりたまえ」

「あら、だって、それじゃ、あのお約束はどうするんですの」

「なあに、いいんだ、いいんだ。あとで話をするから、はやくこれに乗りたまえ」

と、運転台のドアをひらく男の顔を見て、あっと目をまるくしたのは進である。それもそのはず、運転台から身を乗りだしているのは、たしかに三津木俊助ではないか。

進はあわてて、むこうのかどに目をやったが、そこにも一台の自動車がとまっていて、窓からこちらをのぞいているのは、これまた三津木俊助なのである。

進は思わずいきをのみこんだ。

むこうにいるのも三津木俊助。いま目の前にいるのも三津木俊助。どちらがほんものかにせものか、見わけがつかぬほどよく似たふたりに、進はあっけにとられていたが、そのうちに、はっと思いだしたのは、いつか山崎編集局長からきいた話であった。

俊助に化けて写真をうばってにげた白蠟仮面。——いま目の前にいるのは、その怪盗ではあるまいか。

そう気がつくと進は、そっと自動車のうしろにまわった。自動車のうしろには荷物をいれるところがある。さりげなくそれをひらく、いいあんばいになかはからっぽ。進はいそいで、あたりを見まわしたが、さいわい、そこはうすくらがり。だれも見ているものはいない。進はすばやく、そこへもぐりこんだが、ちょうどそのとき、ひとみも運転台にのりこんで、自動車はすぐに出発した。

むこうのかどに自動車をとめて、ようすをうかがっていた俊助も、それを見るとすぐにあとを、追いかけた。

こうして二台の自動車は、ほどよい間隔をたもちながら、町から町へと走っていった。

やがて、人通りのない暗いさびしい道へさしかかったときだった。

うしろからやってきた一台のスクーターが、俊助の乗っている自動車のそばへ、するすると近よってきたかと思うと、
ズドン！　ズドン！

とつぜん、ピストルが火をふいて、俊助の乗っている自動車は、二、三度大きくよろめいたのち、ガクンととまってしまった。スクーターに乗っている男が、かけぬけるときタイヤをめがけて、ピストルの弾丸《たま》を二、三発、ぶちこんでいったのだ。

「なにをする！」

この思いがけない襲撃に、俊助はおどろいて窓から身をのりだしたが、その鼻さきを、大きな風防めがねをかけた男が、スクーターに乗って、流星のようにすべっていったかと思うと、またたくうちに、そのすがたは闇のなかに消えてしまった。

さて、こちらは探偵小僧の御子柴進である。きゅうくつな荷物入れ場に身をひそめて、自動車にゆられることやく半時間。どこをどう走っているのか、けんとうもつかなかったが、そのうちにスピードがおちてきたかと思うと、まもなく自動車はとまった。

どうやら目的地へついたらしい。

進がいきをこらしてようすをうかがっていると、自動車からおりた白蠟仮面とひとみが、なにかおし問答をしながら立ちさっていった。

その足音の消えていくのを聞いてから、進はその荷物入れ場のふたをひらいたが、そのときまた、だれかしのび足でこちらへ近づいてくるようすである。

進がギョッとして、ふたのすきまからのぞいていると、近づいてきたのは大きな風防めがねをかけた男なのだ。進は知らなかったが、この男こそ、さっき俊助の乗った自動車のタイヤに、ピストルの弾丸をぶちこんだスクーターの男なのである。

風防めがねをかけた男は、まさか、そんなところに、進がかくれていようとは気がつかず、自動車のかげに身をひそませて、じっとむこうを見ている。

ちょうどそのとき、月が雲間をはなれたので、進ははっきりあいての顔を見たが、そのとたん頭からつめたい水をぶっかけられたような、おそろしさを感じたのだった。

なんと、それはいつか日比谷公園であった、青髪鬼ではないか。

わかった、わかった、青髪鬼はあくまでひとみをねらっているのだ。ひとみのあとを尾行して、ここまでやってきたのだ。とちゅうで俊助の自動車をパンクさせたのも、俊助がいては、じゃまになったからだろう。

進はなんともいえぬおそろしさに、心臓がガンガンおどりだしたが、そんなことは夢にも知らぬ青髪鬼、しばらくあたりのようすをうかがったのち、ねこのように足音しのばせ、自動車のそばをはなれた。

その足音のきこえなくなるのを待って、進はそっと荷物入れ場からはいだすと、あたりを見まわしたが、そこは工場の構内らしく、むこうに、れんがづくりの工場がみえ、こちらのほうには古ぼけた社屋が見える。

しかし、どこにも人のけはいはなく、白蠟仮面やひとみ、さては青髪鬼のすがたも見あたらない。あたりはしーんと、海の底のようにしずまりかえっているのだ。

それにしても、いったい、ここはなにをつくる工場だろう……。

そう考えた進は、ものかげづたいに、そっと社屋の正面へまわってみたが、見るとそこには、『東洋ガラス製造会社』と書いたかんばんがかかっている。

すると、ここはガラス工場らしいのだが、白蠟仮面はなんだって、こんなところへひとみをつれこんだのだろう……。

進がふしぎそうに、小首をかしげているところへひとの足音がきこえてきたので、あわててものかげへかくれていると、社屋のなかから出てきたのは、白蠟仮面とひとみだった。さらにそのあとにつづいた人物を見て、進は思わず目を見はった。

なんと、それはこのあいだ古家邸から逃げだした、神崎博士ではないか。

白蠟仮面と神崎博士は、あたりのようすをうかがいながら、しばらく立ち話をしていたが、やがて構内をつっきって、むこうに見えるれんがづくりの工場へはいっていった。むろんひとみもいっしょだった。

進はなおしばらく、青髪鬼のすがたは見えないかと、ものかげに身をかくしたままようすをうかがっていたが、青髪鬼はどこにいるのかすがたも見えない。

そこで進は三人のあとを追って、工場へはいろうとしたが、なにを思ったのか、もういちど自動車のそばへひきかえすと、ポケットから取りだしたのは小さなビンである。ビンのなかにはなにやら黒い液体がはいっている。

進はその液体を、点々と地上にたらしながら、工場のなかへはいっていった。

工場のなかはまっくらだったが、どこかでゴーゴーとものすさまじい音が聞える。その物音をたよりに進んでいくと、まもなく鉄のドアにつきあたった。ゴーゴーというあの音は、そのドアのむこうからきこえるのだ。

進は思いきって、小型の懐中電燈を取り出すと、あたりをしらべてみたが、それでわかったことは、この工場は二重かべになっていることである。外部のかべのなかに、もうひとつ、がんじょうなれんがのかべがめぐらせてあり、そこに鉄のドアがついているのだ。進は、そのドアをおしてみたが、かぎがかかっているらしく、びくともしなかった。

進があきらめて、かべにそって歩いていくと、ところどころ小さな窓があいていて、どの窓も紫色のガラスがはまっている。

それは外から、ガラスのできるところを視察するための窓なのだが、灼熱しているガラスを肉眼で見ると、目がつぶれるうれいがあるので、紫色のガラスがはめてあるのだ。

進はそんなこととは知らなかったが、これさいわいと窓からなかをのぞいてみて、思わずアッといきをのみこんだ。

ダイヤの宝庫

窓の内部は二、三十坪ほどの、長方形の広場になっており、四方も床もれんがでかためてあるなかに、十坪もあろうという、大きなプールがきってある。

そして、そのプールのなかでゴーゴーと、すさまじい音を立ててにえくりかえっているのは、まっかにやけただれたガラスなのだ。

ガラスはまるであめのように、ブツブツ、グラグラとたぎりたっているのである。そして、その表面からもえあがる、まっかなほのおとともに、強いガスのにおいがした。

はじめて、そういう光景を見る進にとっては、それはまるで地獄釜《じごくがま》のようなおそろしさだった。

進はしばらくあっけにとられて、そのおそろしい地獄の釜を見ていたが、やがて気をとりなおすと、それにしても三人は……と、あたりを見まわしているところに三人の姿がプールのふちにあらわれた。

見ると三人とも紫色のめがねをかけ、俊助に化けた白蠟仮面と神崎博士はしきりになにか話をしている。そして、そのそばには、ひとみがおそろしそうにふるえているのだ。

それにしても白蠟仮面と神崎博士は、いったいなんの話をしているのだろう。あついれんがのかべと、地獄の釜のたぎる音にさえぎられて、進にはなんにも聞えなかったが、われわれはそっと、ふたりの話を聞いてみようではないか。

「さあ、神崎博士、きみの註文《ちゅうもん》どおりにわれわれは、このおそろしい地獄の釜のふちまでやって来た。きみはまさかこのおれを釜のなかへつきおとして、殺そうというのじゃないだろうね」

そういったのは白蠟仮面、紫色のめがねのおくから、用心ぶかい目をひからせている。

「と、とんでもない。ぼくはただ、だれにも話をきかれたくないからだ。ここならぜったいに、立ちぎきされる心配はないからね」

「よしよし、わかった。しかし、ひとみちゃん気をつけろよ。この釜のなかへおちたがさいご、一しゅんにして命はないぜ。からだがとけてガラスになっちまう。あっはっは、ガラスのお化けになっちゃつまらないからね」

ひとみはあまりのおそろしさに、さっきから気がとおくなりそうな顔色をしている。

白蠟仮面は神崎博士のほうにむきなおり、

「じょうだんはさておいて、それでは先生、話を聞こうじゃありませんか。あなたはこのあいだ、ひとみさんをつれてきてくれれば、いっさいの秘密をぶちまけるといいましたね。さあ、ひとみさんはここにいる。そして、あたりには立ちぎくものもない。約束どおり、なにもかもうちあけてもらおうじゃありませんか。神崎博士、大宝窟とはいったいなんだ。いったい、それはどこにあるんだ」

神崎博士はなにかいおうとしたが、いざとなると気おくれがするらしく、そのまま口ごもってしまった。

白蠟仮面はせせら笑って、

「あっはっは、よほどいいにくいと見えるな。よしよし、それではしゃべりやすいようにしてやろう。神崎博士、この男はだれだ。このミイラみたいな顔をした男はいったいだれだ」

白蠟仮面がとりだしたのは、いつか新日報社からうばってきた写真の一枚。あの青髪鬼の写真である。

神崎博士はそれを見ると、悲鳴をあげてうしろへよろめいた。

「そ、そ、それは鬼塚三平《おにづかさんぺい》という男なんだ!」

「鬼塚三平……? 鬼塚三平とは何ものだ。どういうわけで、こいつが、きみたちをつけねらうんだ」

「そいつは……そいつは……昔、わたしたちのなかまだったんだ」

「わたしたちとはいったいだれだ。きみと古家万造のことか」

「そうだ。それにひとみさんのおとうさんの月丘謙三、この四人が昔のなかまだったんだ。われわれ四人は、富をもとめていろいろ冒険をともにしたが、そのうちに……そのうちに、ひとみさんのおとうさんが、すばらしい宝を発見したんだ」

「すばらしい宝とはいったいなんだ。いったいどんなものなんだ!」

紫色のめがねのおくで、白蠟仮面の目が鬼火のようにひかっている。

「それは……それは……」

と、神崎博士はぜいぜい肩でいきをしながら、

「世界中の富を一手ににぎるほどの、すばらしい宝なんだ。それは……それは……ダイヤモンドの大宝庫なんだ！」

「ダイヤモンドの大宝庫だって！」

さすがに白蠟仮面もびっくりしたようにさけび声をあげた。

「そして、そして、それはどこにあるんだ」

しかし、それには神崎博士も答えなかった。白蠟仮面ののどのおくが、かすれたような笑い声をあげると、

「よしよし、それはいずれあとで聞くことにしよう。それより、このミイラみたいな男、鬼塚三平はなんだって、きみたちをつけねらっているんだ」

「それは……それは……いや、それよりひとみさんのおとうさんが、なくなったときから話をしよう」

神崎博士はあやまるような目で、ひとみさんのほうを見ながら、

「ひとみさんのおとうさんは、すばらしい宝を発見した直後に死んだんだ。しかもそのことを、だれにもいっておかなかったので、ひとみさんのおばあさんも、ひとみさんもそれを知らなかった。もし知っていて、その宝庫を手にいれたら、ひとみさんは世界一の大金持ちになるところだったんだ」

「それをきみたちが横どりしたのか」

「ああ、いや、そ、そういうわけではないが……」

と、神崎博士はひたいににじむ汗をぬぐいながら、

「わたしはそれを、ひとみさんにわたそうと思った。しかし、古家万造がどうしてもそれをきかなかったんだ。ひとみさんのような子どもにわたしたら、いずれきっと、わるものに、横どりされてしまうだろう。それよりひとみさんが大きくなるまで、じぶんたちが管理しようじゃないかと、わたしを説きふせたんだ。ところが、鬼塚三平だけがどうしてもそれをきかなかった。大宝庫をひとみさんにかえすのが、ほんとうだといいはったんだ」

「それでどうしたんだ。きみたちで鬼塚三平をどうかしたのか」

「わたしは……わたしはなにもしなかった。しかし、古家万造が三平をとらえて、コバルト鉱山へ送ってしまったんだ」

「コバルト鉱山だって……」

「そうだ。そのじぶんからわたしは、このガラス工場を経営していたが、ここではコバルト・ガラスを作っている。その原料にするために、われわれはコバルト鉱山を持っているんだ」

「そのコバルト鉱山というのはどこにあるんだ」

「マレー半島の奥地にある」

「マレー半島の奥地だって？」

白蠟仮面も目を見はった。

「そうだ。そこには一メートルもあるクモがうようよするほどいるんだ。鬼塚三平はその鉱山に送られて、どれいみたいにこきつかわれていたんだ」

「あっはっは！」

白蠟仮面はものすごい笑いをあげると、

「つまりそうしてきみたちは、じゃまものをかたづけておいて、大宝庫を横どりしたんだな」

「ちがう、ちがう、わたしはそのつもりじゃなかった。みんな古家万造のやったことなんだ。わたしは気がとがめてしかたがなかったので、毎年ひとみさんの誕生日には、ダイヤモンドを送っていたんだ」

「なるほど、ところが、そこへ鬼塚三平がかえってきたんだな」

「そうだ。あいつはとうとうコバルト鉱山を脱出した。そして、ひどいくろうと熱病のためにミイラみたいになってかえってきたんだ。しかも髪の毛はコバルトの気をすって、まっさおになっていた。あいつは鬼になったんだ。生きながら復讐の鬼となり、われわれのみならず、ひとみさんまで殺して、大宝庫をひとりじめにしようとしているんだ」

「その大宝庫はどこにあるんだ。おい神崎博士、その大宝庫というのは、もしやこの写真ではないか」

白蠟仮面がとり出したのは、青髪鬼の写真とともに、新日報社からうばってきた、烏《え》帽子《ぼし》のような岩の写真である。

神崎博士はそれを見ると、思わずまっさおになった。

「あっはっは、やっぱりこれが大宝窟だな。おい、神崎博士、この岩はどこにあるんだ。この海岸はいったいどこだ」

「それは……それは……」

口ごもっている神崎博士めがけて、白蠟仮面はヒョウのようにおどりかかった。

「さあ、いえ、神崎博士、大宝窟はどこにあるんだ。すなおにそれを白状しないと……」

ぐいぐいのどをしめつけられて、神崎博士は苦しそうな声をあげた。

「いう。……いうからそこをはなしてくれ」

「よし！」

白蠟仮面が手をはなすと、神崎博士はよろよろしながら、のどのあたりをなでていたが、そのときだった。

ガチャンとガラスのわれる音。それにつづいてズドンと一発、ピストルの音。

と、同時に神崎博士は、

「わっ！」

と、さけんで胸をおさえると、よろよろうしろによろめいたが、つぎのしゅんかん、すべるように、たぎりたつ地獄の釜へおちていったのだ。

怪物対怪盗

「しまった！」

と、さけんだ白蠟仮面、あわてて、ひとみを床にたおすとパッとその上に身をふせて、あたりのようすをうかがった。しかし、襲撃はただそれきりで、聞えてくるのは壁の外を、小きざみににげていく足音。

白蠟仮面は身をおこすと、ガラスのプールをのぞいたが、そこにはもう、神崎博士のかげもかたちもなく、たぎりたつ液体ガラスが、ブツブツと青白いガスをあげているばかり。さすがの怪盗白蠟仮面も、思わず、ぞっと身ぶるいした。

「ちくしょう！」

いま一歩というところで、大宝庫のありかを聞きもらしたくちおしさ！

「ひとみさん、来たまえ」

と、白蠟仮面は、いかりの形相ものすごく、ガラス工場をとび出したが、こちらは探偵小僧の御子柴進である。

たぎりたつガラスのプールへ転落する神崎博士のすがたを見たときは、全身の血もこおるばかりのおそろしさだったが、はっと気をとりなおすと、いちもくさんに工場からとび出した。

そして、まずやってきたのは、白蠟仮面の乗ってきた自動車のそば。なにをするのかと思っていると、ポケットから取りだしたナイフで、プスプス、タイヤをつきさした。

「これでよし。こんどは、もう一つのやつだ」

門をとび出すと、そこにははたして、青髪鬼の乗ってきたスクーターがおいてあった。進はそれを見ると、これまたタイヤを、めちゃくちゃに切りきざんでしまった。

そうしておいて進は、すばやくものかげにかくれると、ポケットから取りだしたのは、黒い液体のはいった小ビン。進は、その液体を、くつの底へいっぱいぬりたくった。なんのまじないかわからないが、とても強いにおいのする液体である。

さて、そのあとで進が、ものかげからようすをうかがっているところへ、とび出してきたのは青髪鬼。見ると、まだ煙の立っているピストルをにぎっている。

青髪鬼は門から外へとび出すと、スクーターに乗ろうとしたが、タイヤがずたずたに切りさかれているのを見ると、いかりにみちたさけびをあげ、身をひるがえしてかけよったのは、白蠟仮面の自動車のそば。しかし、その自動車もタイヤがパンクしているのを見ると、さすがの怪物青髪鬼も、思わず立ちすくんでしまったが、そこへとび出してきたのが、白蠟仮面とひとみだった。月の光に青髪鬼のすがたを見つけると、さっとものかげに身をひそめて、

「待てっ」

とさけんで、ズドンと一発、青髪鬼もあわてて自動車のかげにかくれると、これまたピストルのおうしゅうである。

こうして、まひるのような月光のもと、青髪鬼対白蠟仮面、いずれおとらぬ怪物対怪盗の、ものすごいうちあいがしばらくつづいていたが、そのうちにあっとさけんだ青髪鬼は、ポロリとピストルをおとした。どうやら、右手に弾丸《たま》があたったらしいのだ。

「ちくしょう！」

あわてて左手でピストルをとりあげた青髪鬼は、自動車のかげからとび出すと、ヘビのように工場の構内をよこぎって、とびこんだのは、倉庫のような小さな建物。

それを見ると白蠟仮面も、ひとみの手をひいて、建物のそばへかけよったが、そこへとび出してきたのが進である。

「あっ、御子柴さん！」

さっきからのおそろしいできごとに、生きたここちもなかったひとみは、進のすがたを見ると、地獄で仏にあったような気持になった。

「ああ、きさまは探偵小僧だな。そうか、タイヤをパンクさせたのはきさまだったのか。あっはっは、なかなか気てんがきくやつだ。とにかくいっしょにこい！」

青髪鬼というおそろしい共同の敵をひかえて、白蠟仮面と探偵小僧、いちじ攻守同盟をむすんだかたちだった。

三人は、ゆだんなく倉庫のなかへはいっていったが、これはどうしたことだろう。倉庫のなかはもぬけのから、青髪鬼のすがたはどこにも見えないのだ。

「そんなはずはない。あいつは、たしかにここへとびこんだんだ。どこかにかくれているにちがいない。探偵小僧、さがしてみろ」

白蠟仮面はものすごいけんまくだが、どこにもかくれるような場所はない。せまい倉庫は、ガランとして、なに一つなく、窓にもげんじゅうな鉄格子がはまっている。それにもかかわらず、青髪鬼はかげもかたちも見えないのである。

「ちくしょう。それじゃこの倉庫には、きっと抜け穴があるにちがいない。しらべてみろ！」

進は、いまさらにげだすわけにもいかず、懐中電燈で床をしらべていたが、

「あっ、こんなところに血がたれている！」

「なに、血が……」

見ると、なるほど床の上に、点々として血がたれていた。その血をつたっていくと、倉庫のすみでふっと消えてしまった。

白蠟仮面は目をひからせて、

「よし、ここが抜け穴の入口にちがいない」

白蠟仮面が床板を持ちあげると、はたしてまっくらな穴があいている。そして穴のなかには垂直に、鉄ばしごがついているのだ。

「おい、探偵小僧。きさま、さきへはいれ」

「えっ、ぼ、ぼくが……」

「そうだ、おれもいっしょにいくから、なにもこわいことはない。将来はいざ知らず、いまのところは、おまえとおれとは仲間だからな。あっはっは」

ピストルをつきつけられてはしかたがない。探偵小僧はしぶしぶと、ぬけあなのなかへもぐりこんだ。白蠟仮面もそのあとから、ひとみの手をとってつづいた。

鉄ばしごをおりると地下のトンネル。どうやらそれは倉庫のなかへ、荷物をはこびこむためにつくったものらしく、コンクリートづくりの、りっぱなものだったが、そのトンネルの床にも、点々として血がつづいているのだ。

「よし、これをつけていけばいい」

こうしていくこと約五十メートル。トンネルはそこで、二またにわかれていたが、左の道がいままでどおりの広さに反して、右の道はせまくて、きゅうくつで、しかもだいぶひくくなっているらしく、十段ばかりの石段がついている。血のあとは、その石段をつたって、せまいトンネルへおりていた。

「よし、探偵小僧、この階段をおりていけ」

「ああ、御子柴さん、もうよして。……あたし、なんだかこわくって……」

ひとみはいまにも泣き出しそうだったが、白蠟仮面がうしろから、ピストルをつきつけているので、どうすることもできない。進は、こわごわ石段をおりていった。ひとみも白蠟仮面におどかされて、まっさおになってつづいた。

さて、石段をおりて、四、五メートルもいったかと思うと、コンクリートでかためた、せまい四角なへやへつきあたったが、三人が、なにげなくそのへやへふみこんだせつな、ガラガラガラ！　と、ものすごい音をたてて、天井から落下してきた鉄の扉《とびら》が、ピタリと入口をふさいでしまったではないか。

「しまった！」

と、三人はあわててひきかえそうとしたが、おせども引けども鉄の扉の動かばこそ。千鈞《きん》の重みをもって、三人の退路をたってしまったのだ。

「しまった！　しまった！　あんちくしょう。まんまと、わなにおとしゃがった！」

白蠟仮面が、やっきとなって、鉄の扉をたたいているときだった。どこからともなく、やみのそこから聞えてくるのは、きみのわるい笑い声。

「キャッ！」

と、ひとみは悲鳴をあげて、進にすがりついた。進もギョッとして、懐中電燈であたりを見まわしたが、だれのすがたも見えない。しかもなお、

「うっふっふ、うっふっふ！」

と、きみのわるい笑い声はつづくのだ。進は気がついて、懐中電燈を天井へむけたが、そのとたん三人は、からだじゅうしびれるようなおそろしさを感じた。

天井の四角な穴から、じろじろとこちらをのぞいているのは、あのおそろしい青髪鬼ではないか。

「お、おのれ！」

白蠟仮面は、いかりにまかせてとびあがったが、床から天井まで五メートルあまり、むろん、とどくはずはない。

「うっふっふ！　うっふっふ！」

青髪鬼は、きみのわるい声をあげると、

「とうとうわなに落ちゃがった。やい、白蠟仮面、そこがなんのへやだか知ってるか。そこはな、いったん落ちこんだがさいご、二度と生きて出ることはできぬ死のへやじゃぞ。うっふっふ、あっはっは。かわいそうだが、ひとみも探偵小僧も、いまのうちに神や仏においのりでもしておくがいい」

それだけいうと青髪鬼は、ピタリと天井の穴をふさいでしまった。

死の部屋

さすがの白蠟仮面も、しばし、ぼうぜんと天井をながめていたが、はっと気をとりなおすと、またもや鉄の扉に突進した。

「ちくしょう、ちくしょう。探偵小僧、なにをぼんやりしているんだ。きさまも手つだって、このドアをひらくんだ」

しかし、おせどもつけども、鉄の扉はびくともしない。やっきとなって、たたいたり、からだをぶっつけたりしているうちに、ふたりともへとへとになってしまった。

「ちくしょう、この扉がひらかぬとすれば、ほかから抜け出すよりほかはないが……」

しかし、コンクリートでかためたこのへやは、四メートル四方ばかりの、箱のように殺風景なへやで、入口といっては、いま鉄の扉のしまっているところよりほかにはないのだ。

ただ一つ、天井の穴があることはあるが、五メートルあまりもあろうという天井へ、どうして手がとどくわけがあるだろう。コンクリートの壁には、どこにも手がかり、足がかりとなるものはない。

「ああ、それじゃ、あたしたち、このへやから出ることはできないの」

ひとみはしくしく泣きだした。進も、さっき青髪鬼のいったことばを思いだして、ぞっと身ぶるいをした。

「いったん、そこへ落ちたがさいご、二度と生きては出られぬ死のへやだ……」

青髪鬼はそういったではないか。

それではあいつは、じぶんたちが、ここでうえ死にするのを待つつもりなのだろうか。いやいや、それより、もっと手っとりばやく、殺す方法を考えているのではあるまいか。

「あっ、あの音はなんだ」

とつぜん白蠟仮面がさけんだが、それと同時に、

「あっ、水よ、水よ、あんなところから水が……」

と、気ちがいのようにさけんだのはひとみである。見れば、なるほど床の穴から、ものすごいいきおいで、水がふきあげてくるのだ。

「しまった！　しまった！　ちくしょう！」

白蠟仮面は、やっきとなって、その水をおさえようとしていた。進もはっと気がつき、上着をぬいで、それでせんをしようとしたが、ものすごい水勢におされて、とてもそれどころではない。

死にものぐるいで、ふたりが奮闘しているうちにも、水かさはどんどんまして、へやのなかは、はやくも、くるぶしからひざのあたりまで、水びたしになってしまった。

ああ、わかった、わかった。ここは水攻めのへやなのだ。青髪鬼は、ここで三人を水攻めにして殺すつもりなのである。

「ああ、それじゃあたしたち、ここで水におぼれて死ぬの？　いやだ、いやだ。どぶねずみみたいになって死ぬのいやだ」

ひとみは気ちがいのようにさけびながら、進にすがりついた。

「だいじょうぶ、だいじょうぶ。ぼくたち死にゃしない。いまに三津木さんが助けに来てくれる。気をしっかり持っていなきゃだめだ」

「ああ、そうだったわ。三津木先生が、わたしを守ってくださるお約束だったのね。ごめんなさい、あたし、苦しくてもがまんするわ」

ふたりが、はげましあっているかたわらから、白蠟仮面が、どくどくしく笑いながら、

「あっはっは、俊助がいかに神通力を持っていようとも、こうなったらもうだめだ。おまえたち、ここでおれといっしょに死ぬのだ。おたがいに道づれがあって、にぎやかでいいや」

白蠟仮面は、もうかくごをきめたのか、懐中電燈を水のなかへ投げすてたので、あたりはまっくらになった。

そのくらやみのなかから聞えてくるのは、ただゴウゴウと水のふきあげる音ばかり。ひとみも探偵小僧も、もう腹から胸のあたりまで水につかっている。

「み……御子柴さん！」

「ひとみさん、だいじょうぶ、だいじょうぶ。しっかりぼくにつかまっておいで。いまに、きっと三津木さんが……」

ああ、おそろしい死のへや、ゴウゴウとうずまく水にもまれて、ふたりは、しっかりくらやみのなかでだきあっていたが、そのうちにも、水は情ようしゃもなく、どんどんふえて、もうひとみの首から口のへんまでやってきた。

「み……御子柴さん……あたし……もうだめだわ」

ひとみはすすり泣くような声をのこして、ぐったりと、進のうでのなかで、気をうしなってしまった。

ネロの活躍

こうして、御子柴進とひとみのふたりが、おそろしい災難にあっているころ、一方、三津木俊助は、どうしていただろうか。

それを話すためには、物語を、すこし前へもどさなければならない。

青髪鬼にタイヤをうちつらぬかれた俊助は、もうそれ以上、前の自動車をつけていくことはできなくなった。しかし、俊助はあわてもせず、自動車からとびおりると、

「樽井君、ネロを……」

と、自動車のなかへ声をかけると、

「オーケー」

と、とび出して来たのは樽井記者。見ると、たくましいシェパードをつれている。

「探偵小僧が、あの自動車のうしろへもぐりこんだから、きっとうまくやってくれると思うんだが……ネロ、ほら、これだ」

と、俊助がポケットから取りだしたのは、探偵小僧が持っていたのと同じような、黒い液体のはいった小ビンだった。そのせんをとって、しばらくネロにかがせていたが、

「よく、このにおいをおぼえておくんだぞ。ほら、ここらあたりに、これと同じにおいがしないか、ひとつかいでみてくれ」

ネロはしばらく、クンクン、そのへんをかいでいたが、やがて、四つ足をふんばって、樽井記者をひきずるように前進した。

「しめた！　三津木さん。探偵小僧め、どうやらうまくやったらしいですぜ」

「うん、あいつは、ぬけめのないやつだから」

わかった、わかった。探偵小僧の持っていた小ビンのなかには、特殊なにおいのする液体がはいっていたのだ。そして、それを自動車のなかから、みちみち、路上へたらしていったのである。

こうしておけば、あとから追跡してくる俊助の自動車に、とちゅうで故障がおこっても、ネロの鼻が、いくさきを、かぎわけてくれるわけである。

それはさておき、俊助と樽井記者が、ネロの案内でやっとたどりついたのは、隅田川《すみだがわ》をむこうへわたった、河岸《かし》っぷちに建っている工場の前。見ると工場の門柱には、『東洋ガラス製造会社』と、書いた札がかかっている。

「おやおや、へんなところへやって来たな。ネロ、まちがいじゃあるまいな」

しかし、ネロはふりむきもせず、ぐんぐん工場のなかへはいっていった。見ると工場のなかには、一台の自動車。

「あっ、樽井君、これはたしかにひとみさんを乗っけていった自動車だね」

「そうだ、それにちがいありません。しかし、探偵小僧やひとみさんはどこへいったのかな。あっ、三津木さん、この自動車のタイヤ、ずたずたに切りきざんでありますぜ」

それを見ると俊助は、ふっと不安におそわれた。

「おい、ネロ、しっかりしてくれよ。探偵小僧はどこへいったんだ」

ネロは、しばらくそのへんをかいでいたが、やがてガラス工場のなかへはいっていった。

しかし、すぐまたそこから出てくると、ふたりを案内していったのは、ガランとした倉庫のなか。しきりに床板をひっかくのを見て、

「あっ、ここに抜け穴があるらしい。探偵小僧は抜け穴のなかへはいっていったんですぜ」

「よし！　われわれもはいってみよう」

俊助の胸には、いよいよ不安がたかまってきた。探偵小僧は、なんだって、抜け穴のなかへなどはいっていったのだろう。

トンネルのなかはまっ暗だったが、俊助も樽井記者も、懐中電燈の用意はしていた。ネロを先頭に立てて、暗いトンネルを進んでいくと、やがてたどりついたのは、二またになっている、あのわかれ道の近くである。

そこまでくると、とつぜんネロが、

「う、う、う……」

と、するどいうなり声をあげた。

「どうした、ネロ。なにかあるのかい」

ネロは、そういうことばを耳にも入れず、いよいよ強く足をふんばって、前方のやみにむかって、いかりにみちた、うなりをあげている。

「樽井君、気をつけろ。なにかあるらしいぞ」

俊助のそのことばもおわらぬうちに、右がわのトンネルから、石段をかけのぼって、コウモリのようにとび出して来たひとつのかげ。

「だれか！」

俊助と樽井記者は、同時にさっと懐中電燈をむけたが、そのとたん、ふたりとも、思わずあっと立ちすくんだのだ。

懐中電燈の光のなかに、くっきりうきあがったのは、まぎれもなく青髪鬼！

だが、それもほんの一しゅんのこと。つぎのしゅんかん、青髪鬼は左手に持ったピストルを、やにわに二、三発ぶっぱなすと、身をひるがえして、左がわの道をにげていった。

「待てっ！」

俊助と樽井記者は、前後のふんべつもなく、そのあとを追っかけていった。

いま青髪鬼のとび出してきた、せまいトンネルのおくで、探偵小僧やひとみが、いまや、危険におちいっていることも知らずに。……

月下の追跡

トンネルのなかはまっくらである。俊助や樽井記者のふりかざす懐中電燈の光も、そうとおくまではとどかない。それにうっかり懐中電燈の光を見せると、それを目あてにうってくるので危険なのだ。

「三津木さん、いけない。懐中電燈をけしましょう」

「うん、しかたがない」

懐中電燈をけしてしまうと、それこそ、鼻をつままれてもわからぬようなくらがりだった。そのくらがりのなかを青髪鬼は、風のように走っていく。よほど、この地下道の地理に、くわしいやつにちがいない。

「ネロ、たのむぞ。こうなったらおまえの鼻だけがたよりだ」

ネロはなんにもいわなかったが、クンクン鼻をならしながら、くさりをひっぱって前進した。くさりをはなしてやれば、ネロのあしなら、青髪鬼に追っつけるかもしれないが、そのかわり、あいてのピストルにうちころされるかもしれないのだ。

トンネルのなかには、いくつかわき道があった。ネロはそういうわかれ道へくるたびに、クンクンそこらをかぎまわったのち、またくさりをひっぱって前進した。

「ネロ、だいじょうぶだろうな。まちがっちゃたいへんだぞ」

まえを見てもうしろを見ても、うるしでぬりつぶしたようなまっくらがりのそのなかを、ネロの鼻だけをたよりにして、めくらめっぽう前進していくのだから、その心ぼそさといったらない。いつのまにか青髪鬼の足音も聞えなくなっていた。

「三津木さん、もうだいじょうぶでしょう。懐中電燈をつけてみましょうか」

「あっ、ちょ、ちょっと待ちたまえ」

「えっ、ど、どうかしましたか」

「むこうに見えるの、あかりじゃない？」

なるほど、うるしのやみのはるかかなたに、ぼやっとうすあかりが見えている。

「あっ、三津木さん、あかりです、あかりです。きっと出口へ来たんですよ」

「よし、いそごう」

ふたりが足をはやめたときだった。うすあかりのなかから、チラッと横切るかげが見えた。

「あっ、青髪鬼のやつだ！」

「三津木さん、いそぎましょう」

むこうにあかりが見えてきたので、前進するのもよほど楽である。ネロをせんとうに立てて俊助と樽井記者が、大いそぎで走っていくと、むこうのほうから聞えてきたのは、ダ、ダ、ダ、ダというエンジンの音。

「しまった、ちくしょう。自動車でにげるつもりだな」

「三津木さん、ネロをはなしましょうか」

「よし、はなせ！」

樽井記者が手をはなすと、ネロはくさりをひきずって、矢のように飛んでいったが、やがて出口のところまでたどりつくと、どういうわけか、そこにぴったりと立ちどまって、ただ、いたずらにほえるばかり。

「おや、どうしたんだろう。どうしてあそこから進まないのだ」

「三津木さん、とにかくいってみましょう」

「よし」

まもなくふたりも、出口までたどりついたが、思わずそこで、あっとさけんで立ちすくんだのだ。

ネロがそこから前進しないのもむりはない。目のまえは、まんまんとふくれあがった水なのである。つまりそのトンネルは、隅田川にむかってひらいているのだった。

見ればその川のうえを、いましも下流にむかって走っていく一そうのモーターボート。ハンドルをにぎっているのは、いうまでもなく青髪鬼である。

「しまった、ちくしょう！」

俊助はじだんだふんでくやしがったが、天の助けか、そのとき、ダ、ダ、ダとエンジンの音をひびかせて、一そうのランチが近づいてきた。ネロの声をあやしんで、通りかかった水上署のランチがそばへよってきたのだ。

「どうした、どうした。きみたちそんなところでなにをしているのだ」

「あっ、おまわりさん、ぼくたちを乗っけてください。むこうへ悪ものがにげていくのです」

俊助がいそいで事情を物語ると、

「なに、青髪鬼だと？　よし、乗りたまえ」

警官たちも青髪鬼のことは知っていた。そこで一同が乗りこむと、ランチはモーターボートのあとを追っかけていちもくさん。

見ると、青髪鬼を乗っけたモーターボートは、すでに百メートルほどむこうを走っている。

しかし、さいわい今夜は満月だった。月の光に照らされて、隅田川のうえは昼のようなあかるさである。探照燈の光をかりるまでもなく、モーターボートのゆくえを見うしなうようなことはない。

「おい、フルスピードだぞ！」

警部の命令に、エンジンはものすごいうなりをたてて、ランチは矢のように川のうえをすべっていった。

両岸の家も、あかりも、うしろへうしろへふっとんで、へさきに立った俊助や樽井記者は、ランチのあげるしぶきをあびて、もう全身ずぶぬれである。

しかし、青髪鬼のほうも死にものぐるい。モーターボートとランチの距離は、いっこうちぢまるようすも見えない。

「ちくしょう、ちくしょう。警部さん、もっとスピード出ないんですか」

じだんだをふむ俊助のそばでは、ネロが気ちがいのようにほえている。

「じょうだんじゃない。これいじょうスピードを出したら、エンジンが、はれつしてしまうぜ」

そばをいく船があっけにとられて、この気ちがいじみた、モーターボートと、ランチの競走を見送っている。なかにはランチのあおりをくらって、ひっくりかえりそうになった船もあった。

だが、そのうちにモーターボートとランチの距離が、しだいにちぢまった。エンジンに故障でもおこしたのか、モーターボートのスピードが、すこしずつ落ちてきたのだ。

「しめた！　もうひと息だ。運転手さん、たのみます」

「ようし」

二そうの船の距離はいよいよちぢまり、約五十メートルほどになったが、そのとき、樽井記者が俊助の腕をつかんで、

「あっ、三津木さん、あのモーターボートのなかには、青髪鬼のほかにだれか乗っていますぜ」

「えっ」

なるほど、見ればモーターボートのなかに、だれかねころんでいるようすである。

「ひとみさんじゃないか」

「いや、ひとみさんにしちゃ大きいですよ」

「そうだな。それじゃ探偵小僧か。あっ、しまった、ちくしょう！」

ちょうどそのとき、下流からのぼってきたランチが、モーターボートと水上署のランチのあいだへ、ゆうゆうとわりこんできた。しかも、そのランチはうしろに三ぞう、山のように石炭をつんだ和船をつないでいるのだから、たまらない。

「ちくしょう、はやくどかんか」

警部にどなりつけられて、ランチの主はびっくりしたらしく、あわててハンドルをにぎりなおしたが、なにしろ重い船を三ぞうも、うしろにつないでいるのだから、思うようには走れない。

「ちくしょう、ちくしょう。もうすこしで、追っつくところだったのに……」

ランチのうえで俊助が、じだんだふんでくやしがった。それでもやっとその引き船をやりすごして、一同がむこうを見ると、どうしたことか、モーターボートは、二百メートルほどの下流に、ぴったりととまっているのだ。

「しめた！　三津木さん、故障をおこしたんですぜ」

「ようし、運転手さん、たのみますよ」

ランチはモーターボートめがけて進んでいったが、そのとき、モーターボートのなかから、ザンブと川へとびこむかげが見えた。

「やっ！　川のなかへとびこんだぞ！」

「おい、サーチライトを照らしてみろ！」

探照燈を照らしながら、ランチはしだいにモーターボートのそばへ近づいていったが、よほどふかく水底へもぐったとみえ、青髪鬼のすがたはどこにも見えない。

「三津木さん、青髪鬼はあとでさがしましょう。それよりも、モーターボートのなかに、だれかいますぜ」

見ればモーターボートのなかには、がんじがらめにしばられたうえ、さるぐつわまではめられて、だれやらうなっているのだ。ランチがそばへ近よると、俊助はヒラリとモーターボートにとびうつり、いそいでその人をだきおこしたが、そのとたん、

「あっ、こ、これは……」

と、俊助がおどろいたのもむりはない。なんとそれは、気のくるった宝石王、古家万造ではないか。

死の鬼ごっこ

どうして古家万造が、こんなところにいるのだろう。それからまた、川のなかへ飛びこんだ青髪鬼は、そののちどうなったのだろうか。

しかし、それらのことはしばらくさておいて、ここでは君たちが気をもんでいるにちがいない、ひとみや探偵小僧の御子柴進の、その後のなりゆきについて筆を進めることにしよう。

水はもう、進の肩のへんまできていた。その進の腕にだかれて、ひとみはぐったり気をうしなっているのだ。

すこしはなれたところには、白蠟仮面が壁にもたれて、ぐったりと目をとじている。さすがの怪盗も、こうなってはにげるみちもなく、すでに覚悟をきめていた。

進はなんともいえぬ恐ろしさと、悲しさで、胸もふさがるようだった。

ああ、それではもう助かるみこみはないのか。じぶんはここでネズミのようにおぼれて死ぬのか。

「いやだ、いやだ。死ぬのはいやだ」

進が思わず口に出してさけぶと、白蠟仮面がぽっかり目をひらいて、

「あっはっは、小僧。きさま、まだ生きていたのか」

と、どくどくしい笑いごえでいった。

「いくら死ぬのはいやだといっても、もうこうなっては助かるみこみはない。見ろ、水はどんどんふえていく。いまに、おまえもおれもその女の子も、みんな水におぼれて死んでしまうのだ。あっはっは！」

ああ、なんということばだろう。おなじ死ぬにしても、もうすこし、やさしいことば

をかけられないものだろうか。

「いやだ、いやだ、死ぬのはいやだ。おじさん、なんとかならないの。なんとか助かるくふうはないの」

「助かるくふうがあるくらいなら、もっとはやくに助かってらあ」

「おじさん、おじさん、なんとかしてください。なんとかして、ひとみちゃんだけでも、助かるようにしてください。おじさん、おじさん！」

「うるさい！」

白蠟仮面はすごい目で、進をにらみつけると、

「きさま、そんなにこわいのか、そんなに苦しいのか。よしよし、それじゃ、こわいめも、苦しい思いもわからぬようにしてやろう」

白蠟仮面は目をひからせて、ザブザブ水をかきわけながら、進のほうへ近よってきた。

「あっ、おじさん、ど、どうするの」

「ひと思いにしめころしてやるのよ。あっはっは、そうすればこわい思いも、苦しいめもわすれてしまうわ。あっはっは」

「あっ、おじさん！」

進はまっさおになって、ひとみをだいたままとびのいた。

「おじさん、いやです、いやです。かんにんしてください。死ぬのはいやです」

「死ぬのはいやだといったところで、どうせ助かるみこみはないよ。ひと思いにころし

てやろうというのは、いわばおれのお情だ。あっはっは、ありがたく思え」

ああ、なんという鬼のようなことばだろう。なるほど、どうせ助かるみこみがないのなら、ひと思いに死んだほうがましかもしれない。しかし、それにしても、もうすこしやさしいことばのかけようがありそうなものを……。

「おじさん、おじさん、かんにんして！」

進はかなきりごえをあげながら、ひとみをだいたままにげまわった。そのうしろから白蠟仮面が、両手をのばして追っかけてくる。ああ、なんというおそろしい鬼ごっこだろう。つかまったら命はないのだ。それこそ死の鬼ごっこ、命がけの鬼ごっこである。

しかし、いくらにげてもせまいへや、しかも、不自由な水のなか。おまけにひとみをだいているのだから、そういつまでもにげるわけにはいかない。

進はとうとう、白蠟仮面につかまってしまった。

「あっはっは、つかまえたぞ、つかまえたぞ。こら、おとなしくしていないか。さあ、ころして、苦しいめをわすれさせてやるのだ」

進の首をつかんだ、白蠟仮面の両手には、しだいに力がはいってきた。

ああ、こうして進は、水におぼれるのを待たないで、白蠟仮面にしめころされてしまうのだろうか。

だが、そのときだった。とつぜん、ふたりの頭のうえから、するどい声が降ってきたのだ。

「こら、はなせ！　その少年から手をはなせ！」

だしぬけにこえをかけられ、白蠟仮面も進も、あっとさけんで天井をふりあおいだが、見ると、さっきの青髪鬼がのぞいていた四角な穴から、ふろしきで顔をかくした男がのぞいているのだ。しかも、その男は手にピストルをにぎっている。

「おい、白蠟仮面、その少年からはなれろ。もし、その少年や少女に、指一本でもふれたらうちころすぞ」

「だ、だれだ、きさまは？　青髪鬼か？」

いやいや、青髪鬼であるはずがない。青髪鬼はちょうどそのころ、モーターボートでにげているさいちゅうだった。それに青髪鬼なら、顔をかくすはずがないのに、その男は帽子をまぶかにかぶり、黒いふろしきで目の下までかくしているのである。

「だれでもよい。さあ、その少年のそばをはなれろ。よしよし、そばへよっちゃならんぞ。そばへよったらこれだぞ」

ふしぎな男は片手でピストルをふりまわしながら、片手でとり出したのは太いつなだった。するすると、それを天井から下へたらすと、

「これ、その少年。気をうしなっている少女のかたへ、このつなをゆわえつけろ」

「おっ、おじさん、ありがとう、ありがとう。おじさんはぼくたちを助けてくれるんですね」

「なんでもよい、はやくわたしのいうとおりにするんだ。こら、白蠟仮面、そばへよっ

ちゃならん」

「おじさん、ありがとう、ありがとう。ひとみちゃん、助かったよ、助かったよ」

進はむちゅうになってさけびながら、ぐったりと気をうしなっているひとみのからだを、つなのはしにゆわえつけた。

「よし、少年、待っていろ。君もあとで助けてやる」

「おい、おれはどうなるんだ。おれはこのまま見ごろしてしまうのか」

「やかましい。だまってろ！」

ふしぎな人が、両手でつなをたぐりよせるにしたがって、ひとみのからだは宙にういていった。一メートル、二メートル、三メートル。とうとうひとみは、天井の穴へすいこまれてしまった。

「さあ、少年、こんどはきみのばんだ。つなのはしに、しっかりからだを結びつけるんだぞ」

怪人はそういいながら、また、するするとつなをたらした。

「はい、おじさん」

進は大いそぎで、いわれたとおり、しっかりつなのはしにからだを結びつけた。

「よし、それじゃ、わたしがひっぱってあげるから、君のほうからもつなをたぐって、すこしでも、上へあがってくるようにしろ」

「はい、おじさん」

宙につりあげられていく進のからだのしたから、白蠟仮面が、気ちがいのようにさけんだ。

「おい、おれはどうなるんだ。おれをどうするつもりだ。おれをこのままほうっておくのか」

「やかましい。だまってろ。きさまもあとで助けてやる」

「ほんとうか」

「うそはいわぬ」

「ありがたい。しかし、いったいきさまはなにものだ。まさか警察のものじゃあるまいな」

「いや、警察のものではない」

「では、いったいだれだ！」

「おれか、おれは影の人……」

「なに、影の人……？」

「そうだ。そら、少年、もうひと息だ。がんばれ！」

「お、おじさん、あ、ありがとう……」

やっと四角な穴からうえにはいあがった進は、気がゆるんだのか、そうつぶやくと、そのままそこへ気をうしなってたおれた。

「ああ、かわいそうに……。むりもない」

影の人はそうつぶやくと、進のからだからつなをほどいて、また、天井の穴から下へたらした。しかし、つなのはしが水面から、二メートルほどのところまでくると、そこでピタリとつなをとめ、

「おい、白蠟仮面。いま、きさまをうえへあげると、きっとわれわれに害をくわえるにちがいない。だからつなはそこでとめておく。もう少したって水かさがませば、そのつなにとどくようになるだろう。つなのはしはここの柱に結びつけておいてやるから、そうしたらつなをたぐってあがってこい」

「おい、そ、そ、そんなせっしょうな」

白蠟仮面は気ちがいのようにさけんだが、影の人は耳にもいれず、天井裏の太い柱につなのはしを結びつけると、まず、ひとみのからだをだきあげた。

ああ、それにしても、このふしぎな影の人とはいったい何者だろうか。

地底の滝

さて、いっぽうこちらは三津木俊助。

隅田川をにげていく、青髪鬼のモーターボートに追いついてみれば、そこにはすでに、青髪鬼のすがたはなく、そのかわり、がんじがらめにしばられて、船底によこたわっているのは、なんと気のくるった宝石王、古家万造ではないか。

一同はすぐに万造のナワをとき、さるぐつわをはずしてやったが、なにしろ精神に異常をきたしているのだから、なにをたずねてもわからない。ただ、ギャアギャアと、わけのわからぬことをわめくばかり。

このようすを見ると俊助は、樽井記者をふりかえり、

「樽井君、こりゃこうしてはいられない。ここにひとみさんや探偵小僧のすがたが見えないとすれば、ふたりともまだ、あの地下道にいるにちがいない。ぼくはこれから、ネロをつれてひきかえすから、きみはあとにのこって、警官たちといっしょに、青髪鬼のゆくえをさがしてくれたまえ」

「しょうちしました」

そこで三津木俊助は、あとのことを樽井記者や警官たちにまかせておいて、じぶんはネロとともに、青髪鬼の乗ってきたモーターボートで、もとの地下道の入口へもどってきた。

「ネロ、しっかりたのむぞ。こんどこそ、探偵小僧のゆくえをかぎだしてくれよ」

ネロはそのことばがわかったのか、さっき出てきた地下道をこんどはぎゃくにすすんでいった。俊助は懐中電燈をてらしながら、そのあとからついていった。

やがて、ネロと俊助がやってきたのは、地下道が、ふたまたにわかれているところである。

そこまでくると、ネロは、クンクンそのへんをかいでいたが、やがて、さっき青髪鬼

がとび出してきた、せまいアーチがたのトンネルのなかへとびこんだ。

「ああ、そうか。それじゃ探偵小僧やひとみさんは、こっちのほら穴へはいっていったのか」

トンネルの入口には石の階段が十段あまり、それをおりると床の上には、二、三十センチばかりの深さで、水がはげしくうずまいているのだ。

俊助はふっとあやしい胸さわぎをかんじた。さっきここから青髪鬼がとび出してきたことといい、いままたこの水といい、もしや探偵小僧やひとみは、この地下道のおくで、おそろしい災難にあっているのではあるまいか……。

ネロをせんとうに立てた俊助が、ジャブジャブ水のなかをすすんでいくと、やがてつきあたったのは、ぴったりしまった鉄のドア。しかも、そのドアのすきまから、滝のように水があふれているのである。

「あっ、しまった！　それじゃ探偵小僧とひとみちゃんは、このドアのなかで、水攻めになっているにちがいない！」

俊助は気ちがいのようにドアをたたきながら、進やひとみの名をよんだが、なかからはなんの返事もきこえない。

俊助はなんとかして、ドアを開こうとしたが、ドアとはいえ、それは鉄板もどうようで、どこにも、とってはついていないのだ。

俊助はやっきとなって、ドアの上をなでまわしていたが、そのうちに、ふと手にさわったのは、かたわらのかべの上についている小さなボタン。

俊助がなにげなくそれをおすと、鉄のドアがするすると、うえへあがっていったはよかったが、そのとたん、へやのなかから、どっとあふれてきた水に足をとられて、

「しまった！」

と、思わずさけんだ俊助の目に、そのときチラリとうつったのは、へやのなかの光景である。へやのなかには天井から、一本のつながぶらさがっていて、いましも、ひとりの男がそれをのぼっていくところだった。

しかもそれは、なんと、じぶんと、すんぶんちがわぬ顔をした男ではないか。

「あっ、びゃ、白蠟仮面！」

俊助は一声たかくさけんだが、そのまま、地底の滝にのまれてしまった。

猛犬と怪盗

こうして三津木俊助は、みすみす白蠟仮面を眼前に見ながら、水におしながされてしまったが、それよりちょっとまえのことである。

俊助がやっきとなって、鉄のドアをたたいているうちに、なに思ったのか、ネロはひくくうなり声をあげながら、くらやみのなかを右のほうへ走っていった。

くらがりのなかのことなので、俊助も気がつかなかったのだが、へやにそって右のほ

うへ、せまいろうかがついており、そのろうかのつきあたりは、傾斜のきゅうな階段がついているのである。

ネロはくさりをひきずりながら、まっしぐらにその階段をのぼっていったが、俊助があの鉄のドアをひらいて、地底の滝にまきこまれたのは、ちょうどそのころだった。

しかし、ネロはそんなことには気がつかない。いなずまがたについている、せまい階段をのぼっていくと、ガランとした、広い倉庫のなかに出た。

見ると、その倉庫のすみには、床に四角なあながあって、いましも、そこからはい出してきたのは、びしょぬれになった白蠟仮面。それを見るなり猛犬ネロは、ものすごいうなりをあげてとびかかった。

さすがの怪盗、白蠟仮面も、あんまりだしぬけだったので、ふせぐてだてもない。

「わっ、な、なんだ、なんだ!」

とさけびながら、ネロととっ組みあいをしたまま、どうと床にころがった。

ネロはいかりにみちたさけびをあげながら、白蠟仮面ののどをめがけて、するどいきばを立てようとする。

「おのれ、この狂犬め、ど、どうするつもりだ」

白蠟仮面はあおむけにねころんだまま、必死となってふせいだ。しかし、なにしろ長いあいだ、水につかっていたものだから、からだはわたのようにつかれている。ともすれば、ネロのするどいきばのさきに、のどをひきさかれそうになって、

「わっ、た、たすけてくれえ！」

と、さすがの怪盗、白蠟仮面も、思わず悲鳴をあげたが、その声がきこえたのか、倉庫の外から足音がきこえてきたかと思うと、がらりと戸をあけて、とびこんできたのはふたりの男。

懐中電燈の光にこの場のようすを見ると、

「あっ、ネロじゃないか。ネロ、ネロ、どうしたんだ」

と、そばへかけよってきて、うえから白蠟仮面の顔を見ると、びっくりしたように、

「あっ、こ、これは三津木さんじゃありませんか、ネロ、どうしたんだ。気でもくるったのか。三津木さんにたいして、なんというまねをするんだ」

どうやらこのふたりづれは、新日報社の記者らしい。たけりくるうネロのくさりをひっぱって、やっとうしろへひきもどした。白蠟仮面はよろよろ床から起きあがると、

「ああ、どうもありがとう。ネロめ、ひどいめにあわせおった」

白蠟仮面は三津木俊助になりすまし、のどのあたりをさすっている。

「三津木さん、いったい、これはどうしたんです」

「なに、ネロめ、気がくるったか、それともなにかかんちがいをしているんだ。それより、きみたちはどうしてここへ来たんだ」

「いえね、さっき影の人と名のるふしぎな人物から、新日報社へ電話がかかってきて、探偵小僧やひとみさんがここにいるから、すぐにつれにこいといってきたんです」

「ああ、そうかそうか。それでふたりはどうしたね」

にせ俊助の目がきらりと光った。

「ええ、いいぐあいに、むこうの建物のなかで気をうしなっているのを見つけて、さっき自動車で社のほうへ送らせました。ぼくたちもそろそろ引きあげようと思っているところへ、三津木さんの声がきこえたものですから……」

「ああ、そうか。それはよかった。ときに、ぼくはちょっとむこうのほうに用事があるから、きみたち、しっかりその犬をおさえていてくれたまえ。すぐもどってくるから、それまで、ネロをはなしちゃだめだよ」

「はい、しょうちしました」

こうしてまんまと俊助になりすまし、にげだす白蠟仮面のうしろから、ネロが気ちがいのようにほえたてたが、ふたりの記者はそんなこととは夢にも気がつくはずがない。白蠟仮面の命令どおり、ひっしとなってネロのくさりをおさえていたが、それからまもなく、ほんものの俊助が階段をあがってくるにおよんで、ふたりがどんなにきもをつぶしたか、いまさらここにいうまでもないだろう。

その晩、三津木俊助が、新日報社へかえってきたのは、もうかれこれ、ま夜中のこと。探偵小僧の御子柴進と、月丘ひとみも、ひとあしさきにかえっていて、医者の手あてで、ようやく、正気にかえったところだった。

そこで、新日報社の局長室では、山崎編集局長を中心に、深夜の会議がひらかれた。

集まったのは山崎のほかに、三津木俊助と御子柴進、それからひとみの四人だった。みんなして、こんどの事件をはじめから考えてみようというのだが、それにはガラス工場で、ひとみが神崎博士から聞いてきたうちあけ話が、おおいに役にたったのだ。

「なるほど、するとあのミイラのような青髪鬼は、鬼塚三平という男なんだね」

俊助の質問にたいして、ひとみはおびえたようにうなずいた。

「そして、その鬼塚三平と宝石王の古家万造、神崎博士、それからひとみさんのおとうさんの月丘謙三さんと、この四人が仲間になって、いろいろ冒険をしているうちに、ひとみさんのおとうさんが、ダイヤモンドの大宝庫を発見したというんだね」

ひとみはまたうなずいた。

「ところが、その大宝庫を発見したすぐあとで、ひとみさんのおとうさんがなくなられた。しかも、その秘密を知っているのは、仲間の三人だけだった。その仲間のうち鬼塚三平は、大宝庫をひとみさんにかえそうと主張したが、万造はそれをきかずに三平をとらえて、マレー半島のコバルト鉱山へ送ってどれいにしてしまったというんだね」

ひとみはまたかすかにうなずく。

「ところが、その鬼塚三平が、コバルト鉱山を脱出して、ちかごろ日本へかえってきた。そして、じぶんを苦しめた古家万造や神崎博士、さてはひとみさんに復讐して、大宝庫をとりもどそうとしている。……と、そういうことになるんだね」

「はい。神崎博士はそうおっしゃいました」

「しかし、それじゃ、話がすこしおかしいじゃないか」

と、そばから口をだしたのは山崎編集局長だ。

「鬼塚三平が古家万造や神崎博士をうらむのは、むりもないが、ひとみさんに復讐しょうというのはどういうわけだ。いま聞けば、鬼塚三平がコバルト鉱山へ送られたのも、もとはといえば、大宝庫をひとみさんにかえすべきだと主張したからだろう。それほど正義感のつよい男が、ひとみさんに復讐しようというのは、ちと、おかしいじゃないか」

いかにも、もっともな山崎の意見である。

「ええ、ですから、鬼塚三平というひとは、気がくるっているにちがいないと、神崎博士もいっていました」

「いかに、気がくるっているとはいえ……」

山崎はなおもことばをつづけようとしたが、俊助がそれをさえぎって、

「いや、そのことについては、いずれ、あとで考えることにして、それより、ひとみさん」

「はい」

「その大宝庫だがね。それはあの写真にうつっていた、烏帽子のような岩がそうなのかね」

「はい、そうらしいです」

「そして、あの写真の岩はいったいどこにあるの」

「それがよくわかりませんの。それをいおうとしたとき、ピストルのたまがとんできて、神崎博士はガラスのプールに落ちてしまったのです」

俊助はしばらくだまって考えていたが、

「いや、それでだいたい話のすじ道はわかった。ただ、わからないのは、あの水攻めのへやから、探偵小僧やひとみさんを、たすけてくれた男のことだ。御子柴君、それはいったいどんなひとだったの」

「さあ、それが……そのひとはふろしきで顔をかくしていましたし、それにたすけられると、ぼくは、そのまま気をうしなってしまったもんですから。……ただ、そのひと、じぶんのことを影の人とよんでいましたが……」

「影の人……その影の人とはなにものだろう」

しばらく一同は、ふしぎそうに顔を見あわせていたが、やがて俊助が思いだしたように、ポケットから取り出したのは一枚の紙きれだった。

君たちもおぼえているだろう。古家万造の秘書の佐伯が、三津木俊助にのこしていった封筒のなかに、ふしぎな紙きれが一枚はいっていたことを……。

あのとき、封筒にはいっていた、青髪鬼の二枚の写真と、烏帽子岩の写真は、白蠟仮面にうばわれてしまったが、さいわい、この紙きれだけは、俊助の手もとにのこったのだ。

その紙きれの上には、一ぴきの大きなクモの絵がかいてあり、そして、そのクモのかたちの余白には、なにやら符号のようなものが書いてあった。

俊助は目をさらのようにして、その紙きれをにらみながら、

「山崎さん、いまこそ、この紙きれのいみがわかりましたよ。これはきっと暗号なのです。そして、この暗号をとくことによって、はじめて大宝庫、烏帽子岩のありかがわかるにちがいない。われわれは、大至急この暗号をとかねばなりません」

そういわれて一同は、いまさらのようにそのふしぎな紙きれに目をやったが、はたして三津木俊助に、その暗号がとけるのだろうか。

それから一週間ほどのちのこと。

舞台は東京からはるかにとんで、ここは三重《みえ》県、志摩《しま》半島のとったんである。海岸線にそって走るバスのなかに、三人づれの客が乗っていた。

ひとりは三十五、六の、いかにもきびきびとした青年だが、あとのふたりは、まだ年若い少年少女。いうまでもなくこの三人づれは、三津木俊助に御子柴進、それから月丘ひとみだった。

進はまどの外をとんでいく、うつくしい海岸の景色をながめながら、

「三津木さん、それじゃ、あの暗号がとけたんですね。そして、あの大宝庫とは、この志摩半島にあるんですね」

と、好奇心に目をひからせている。

「しっ、あまり大きな声を出しちゃいかん」

と、俊助はあわててバスのなかを見まわしながら、

「そのことについては、あとでゆっくり説明してあげよう。とにかく、これからいくところに、烏帽子岩があるかないか、それをつきとめてからのことだ」

バスはいま、海岸の絶壁の上を走っていく。ゆくてを見ると、びょうぶのような断崖《だんがい》がつらなって、その断崖のはるか下に、白い波がうちよせているのだ。

そして、海の上を見ると、いたるところに、にょきにょきと、きみょうなかたちをした岩が、波のあいだからつき出している。

進とひとみは、そういう岩を見るたびに、もしやあれが大宝庫ではあるまいかと、胸をどきどきさせた。

こうしていまや三人は、いよいよ目的の大宝庫に近づきつつあるのだが、そのまえに、あれからのち東京でおこったできごとを、ちょっとここに書きしるしておくことにしよう。

あの晩、あとにのこって隅田川の捜索にあたった樽井記者は、とうとう青髪鬼のすがたを発見することができなかった。

そのかわり、捜索隊の一行は、なんともいえぬ、みょうなものを発見したのである。それは隅田川の下流にうかんでいた、大きな蠟人形だった。その蠟人形はちょうど人間くらいの大きさがあり、しかも、ちゃんと洋服を着ているのである。

いったい、どうしてそんな蠟人形が、隅田川にうかんでいたのか、そのことと、青髪鬼の事件とかんけいがあるのか、ないのか、そのときはさっぱりわからなかったが、あとから思うと、この蠟人形こそ、青髪鬼のゆくえに大きなかんけいがあったのだ。

さて、神崎博士の落ちたガラスのプールは、その翌日、げんじゅうに検査された。その結果わかったところによると、ガラスの液体のなかに、人間ひとりぶんくらいの、燐がとけていたのである。

たぎりたつガラスのプールへ落ちたせつな、神崎博士は肉も骨もとけて、ガスになってしまったが、骨のなかにふくまれている燐だけが、ガラスの液体のなかにのこったのであろう……と、そういうことになった。

それから、気のくるった宝石王、古家万造だが、その晩、ひとまずじぶんの家へ送りかえされたものの、それから三日ほどのちに、とつぜんすがたをくらましてしまった。

警察では、てっきり青髪鬼にかどわかされたものであろうと、やっきとなって、ゆくえをさがしたが、いまもってそのゆくえはわからない。

こうして、あの晩から一週間たった。

三津木俊助はそのあいだに、さんざん頭をしぼったあげく、やっと暗号の一部をといて、いまこうして、志摩半島へやってきたのである。

バスはいま、断崖のうえの道を大きくカーブしたが、そのときだった。

「あっ、三津木さん、あそこに烏帽子岩が……」

そうさけんだのは進である。その声に、はじかれたようにまどの外へ目をうつした俊助とひとみは、思わずあっといきをのみこんだ。

ああ、むこうの海につき出している、烏帽子のようなかたちの岩、それこそ白蠟仮面にぬすまれた、写真にそっくりではないか。

三人は思わずいきをつめて、それに見とれていたが、そのとき、乗客のなかにもうひとり、その岩を見て、ぎょっといきをのんだものがあったのである。

あばれ馬車

三人がバスからおりると、古ぼけた馬車をつれた青年が、つかつかとそばへよってきて、

「ちょっとおたずねしますが、あなたはもしや、三津木俊助さんではありませんか」

「ああ、そう、それじゃきみが河野《こうの》君？」

「ええ、そうです。電報をいただいたので、馬車でおむかえにまいりました」

新日報社は、全国に支局をもっている。河野青年はこの地方の支局の記者なのだった。

「ああ、そう、ありがとう。清水《しみず》というところまで、ここからだいぶあるの」

「四キロぐらいあります。三津木さんだけだと、自転車でごあんないするんですが、小さいおじょうさんがいっしょだということでしたから……」

「いや、ありがとう。ときに、清水にとまれるようなところがあるかしら」

「太平寺《たいへいじ》という寺があるんですが、そこの和尚《おしょう》さんの了海《りょうかい》さんにたのんで、とめてもらうようにしておきました」

「ああ、それはよかった。それじゃ、そろそろ出かけることにしようじゃないか」

「ちょっと待ってください。馬車のぐあいを見ますから」

河野青年が馬車のぐあいをしらべるあいだ、道ばたに立って待っている三人から、すこしはなれたところに、ひとりの男が、なにやら人待ちがおに立っていた。

その男は鳥打帽子をまぶかにかぶり、レーン・コートのえりを立て、おまけに大きな黒めがねをかけているので、とんと顔はわからないが、さっき、バスのなかから鳥帽子岩を見て、ギョッとしたのはこの男である。

おまけにそいつはさっきから、俊助と河野青年の立ち話を、そっとぬすみ聞きしながら、しきりに目をひからせているのだ。

ああ、この黒めがねの男とはいったい何もの？　ひょっとするとこの男は、東京から俊助たちをつけてきたのではないだろうか。

やがて、馬車の用意ができた。

「さあ、どうぞ、おじょうさんから……」

河野青年に手をとられて、ひとみが馬車に乗ったときだった。むこうから走って来たのは、一台のスクーター。乗り手は大きな風防めがねをかけた男だったが、馬車のそばをかけぬけるとき、なにやら、馬の耳になげこんだからたまらない。

「ひ、ひ、ひ、ひいん！」

と、馬ははげしくいなないて、うしろ足で、ピーンとさお立ちになったかと思うと、つぎのしゅんかん、くるったように走り出した。おどろいたのは三津木俊助。

「なにをする！」

と、ふりかえったときはおそかった。スクーターはもうすでに、百メートルほどうしろを、流星のように走っているのだ。

「しまった！　しまった！　ちくしょう！　青髪鬼のやつがさきまわりをしていたんだ」

俊助がじだんだふんでくやしがりながら、まえを見れば、ひとみを乗せた古馬車が、あらしにあった小船のように、はげしく、ガタガタゆれながら、さびしい、いなか道を走っていく。

「ああ、三津木先生、助けてえ……」

馬車のうしろから両手を出して、ひとみが気ちがいのように助けをもとめている。

それを見ると俊助と河野青年、探偵小僧の御子柴進は、一生けんめい馬車のあとを追いかけたが、馬と人間の競走では、とても勝負にはならない。

気のくるったあばれ馬は、みるみるうちに三人をひきはなし、はるかかなたの森のむこうへ消えてしまった。泣きさけぶ、ひとみをひとり乗っけたまま……。

三人が馬車のゆくえを発見したのは、それから半時間ほどのちのことであった。

ああ、なんというむごたらしいことであろう。馬車は町はずれの高いがけから落ちて、あのあばれ馬は、首の骨を折って死んでいるのだった。

あとでわかったところによると、馬の耳には鉄砲玉ほどの鉛のかたまりが、ほうりこんであったのだ。馬は走れば走るほど、耳のなかで鉛のかたまりがガラガラ鳴るので、気ちがいのようになって走っているうちに、とうとうがけから落ちて死んだのである。

しかし、それにしてもひとみはどうしたのか……。馬のそばには、めちゃめちゃにこわれた馬車が、ころがっていたが、ひとみのすがたはどこにも見えなかった。

俊助は馬車のそばにあつまっている、村のひとたちに聞いてみたが、だれもひとみを見たひとはいないのである。

「わたしはこの馬車が、がけからころげ落ちるところを見ていたのですが、そのとき、だれも馬車に乗ってるようには見えませんでしたよ」

と、村の老人がいった。

そのほかにも、馬車が走っていくのを見たひとがあったが、だれもひとみのすがたを見たものはいないのである。

すると、ひとみはとちゅうで馬車からとびおりるか、それともふり落されたのではないだろうか。そして、そのときけがをして、どこかでたおれているのではあるまいか……

…。

そこで、みんなで手わけして、馬車の走ってきた道を、もういちどさがしてみたが、ひとみのすがたはどこにも見えなかった。

しかし、そのうちに、つぎのようなことがわかった。

それは清水からきた漁師の話なのだが、そのひとは、清水からこっちへくるとちゅう、自転車に乗った男にすれちがったが、その自転車のうしろには十三、四歳のかわいい少女が、ぐったりとして乗っていたというのである。

俊助がおどろいて、自転車の男の人相を聞いてみると、その男はすれちがうとき、自転車のうえで、さっと頭をさげたので、顔はよく見えなかったが、このへんのものではなかったということだった。

「三津木さん、ひょっとすると青髪鬼では……」

進は思わず声をふるわせた。

「いや、青髪鬼ならスクーターに乗っているはずだが……」

「しかし、それじゃだれでしょう。ひとみさんの敵か味方か……」

「それはぼくにもわからない。しかし、それが敵にしろ、ひとみさんが生きていれば、また助けるみちもある。河野君、とにかく、すぐに清水へいこう」

ひとみをさがすのにてまどったので、三人が清水へついたのは、もう、夜もだいぶふけてからのことだった。

清水というのは漁師村だが、その村はずれに太平寺という古寺がある。一同がそのお寺へはいっていくと、出むかえたのは、六十ぐらいの、まゆのしろい坊さんだった。

「和尚さん。お客さんをつれて来ました」

「ああ、ようこそ。おや、お客さんはおふたりかな。きのうの話では、三人じゃということじゃったが……」

「いや、それについては、あとでお話しいたします」

「ああ、そう、とにかくおあがり。なんにもないが食事の用意もしてあるで……」

「ごやっかいになります」

三人は座敷へあがったが、河野青年はふしぎそうにあたりを見まわし、

「おや、了仙《りょうせん》君はどうしました」

「了仙か。了仙は、きゅうに用事ができまして、大阪へいった。二、三日、寺をあけることになったが、なに、お客さんのおもてなしぐらい、わしひとりでじゅうぶんじゃ。さあ、おつかれじゃろう、いっぱい、どうじゃな」

「これはおそれいります。それでは、せっかくですから、いただきましょうか」

俊助と河野青年は、なにげなくさかずきをとりあげたが、そのとき、和尚の目が、ギロリと、あやしくひかったのを、だれも気がついたものはなかったのである。

ああ、あやしいのは和尚の目つき……。

暗号をといて

それからまもなく、食事をおわった三人は、あてがわれたへやへしりぞいたが、そこにはちゃんと、三つの寝床がしいてあった。

河野青年はかえるはずだったのだが、あまりおそくなったのと、了海さんがすすめるので、とまることになったのだ。

「ああ、ねむい、ねむい。どうしたんだろう。なんだかねむくてしかたがない」

河野青年はそういいながら、寝床へもぐりこんだかと思うと、はや、もうたかいびきである。

「河野さん、よっぽどくたびれたんですね。それともお酒によったのかしら」

「なに、ようほども飲みはしない。まあ、いいさ。じゃまものが寝てくれてさいわいだ。御子柴君、これをごらん」

と、ふたりもそれぞれ、寝床のうえに腹ばいになると、俊助がひろげて見せたのは一枚の紙きれ。進はそこにかいてあるクモの絵を見て、思わず目をみはった。

「あっ、三津木さん、これは大宝窟のありかをかいた暗号ですね」

「そうだよ、御子柴君。そして、ぼくがどうして、この暗号をといたかおしえてあげよう」

と、俊助はクモのうえに書かれた数字を指さしながら、

「ねえ、この数字はみんな、ふたつの数字の組合わせになっているだろう。十一という数字のほかは……」

「ええ」

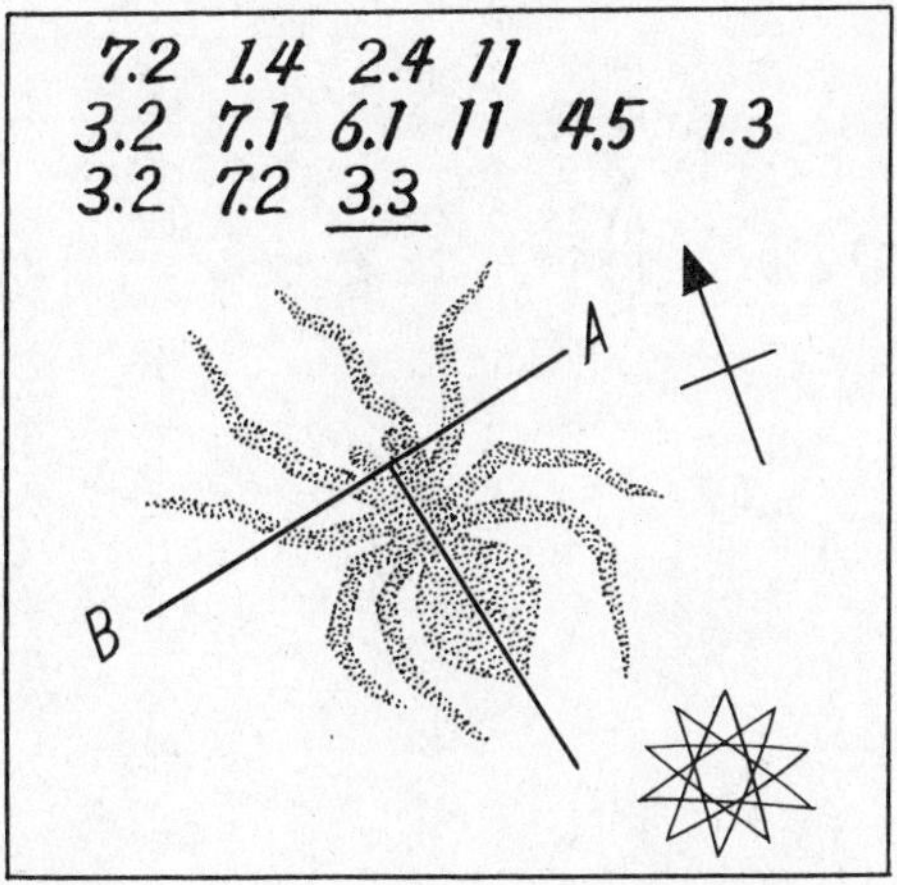

「そればかりではない。組合わせになっている数字は、みんな十以下の数字ばかりだ。しかも、組合わせのまえにおかれた数字には、五以上のもあるが、あとにおかれた数字は、ぜんぶ五以下だろう。この組合わせになった数字の一組が、ひとつの字をあらわすとして、そのことから、なにか思いつきゃしないかね」

「さあ……」

進は首をかしげて考えていたが、きゅうにさっと目をかがやかせると、

「あ、三津木さん、これ、五十音をしめしているのじゃありませんか」

「えらい。さすがは探偵小僧だ。それじゃ、

ひとつ、この暗号をといてごらん」

「ええ」

そこで進は、紙の上に五十音をかくと、それに数字を書きいれた。

「三津木さん、この横にならんだ数字とたての数字を組合わせていけばいいんですね。たとえば、七と二はミというふうに……」

「そうだ、そうだ、ひとつやってみたまえ」

進は一生けんめい、そこにかかれた数字の組合わせと、五十音をてらしあわせていったが、やがて、できあがったのは、

ミエケ11
シマハ1111トウ
シミス

「ああ、わかった、わかった。三津木さん、十一というのは、五十音からはみ出した、ンという字をしめしているんですね。それと、三と三との組合わせの下にアンダー・ラインが引いてあるのは、にごるということなんですね」

そういいながら、なにげなく俊助のほうをふりかえった進は、思わずギョッといきをのみこんだ。

ああ、なんということだろう。いまがいままで、げんきよく話をしていた俊助が、まくらに顔をおしつけて、白川夜船《しらかわよふね》のたかいびき、正体もなくねむっているではないか。

「三津木さん、三津木さん、どうかしたんですか。どこか気ぶんでもわるいのですか」

俊助の肩に手をかけ、進は二、三度つよくゆすぶったが、そのときだった。音もなくふすまが開いたかと思うと、ニヤリとなかへはいってきたのは了海和尚である。

あやしい和尚

「おい、小僧」

と、了海和尚はあざけるように、

「いくら起してもだめよ。俊助もこっちの男も、とても朝までさめやせん」

「えっ！」

「さっき飲んだ酒のなかには、強いねむり薬がはいっていたんだからな。うっふっふ」

きみのわるい笑い声に、進はゾッと、水をあびせられたような気もちがした。

「あなたはだれです、どうしてそんな……」

「あっはっは、小僧、おれがだれだかわからんのか。いつかきさまといっしょに、水攻めになったことがあったな」

「あ、そ、それじゃ白蠟仮面……」

「あっはっは、やっとわかったかい。あれからおれは、ずっとおまえたちを見はっていたんだ。そして、こんども東京から、おまえたちのあとをつけてきたんだが、さっきバスからおりたところで、俊助とこの男の立ち話を聞いて、この寺へくることがわかったから、さきまわりをして、和尚にばけて待っていたんだ」

「そ、それじゃほんものの和尚さんは？」

「しんぱいするな。まさか殺しゃせん。和尚も了仙というわかい坊主も、ねむり薬をのまされて、本堂のほうで寝ているわ。あっはっは」

「あっ、三津木さん、起きてください、起きてください。だれか来てえ！」

「やかましい！」

白蠟仮面は、いきなり進にとびかかると、

「いくら声をたてても、人里はなれたこの古寺だ。だれも来る気づかいはないわ。それより、小僧、その紙きれをこっちへよこせ」

あっとさけんで進は、あわてて、暗号の紙のうえに身をふせた。

「ばか。その暗号がほしいばかりに、おれはおまえたちをつけてきたのだ。さあ、どけ。どかぬとこれだぞ」

と、ピタリとひたいにおしつけたのはピストルである。

進が、いかに勇敢とはいっても、ピストルにはかなわない。思わずあとずさりするところを、白蠟仮面はすばやくしばりあげてしまった。

「あっはっは、朝までそうしていろ。そのうちに俊助が目をさましたら、わけを話して、といてもらうがいい。あっはっは」

白蠟仮面は、暗号の紙きれをとりあげると、ゆうゆうとして出ていった。進はくやし涙を目にうかべて、白蠟仮面のうしろすがたを見おくっていたが、そのとき、みょうなことが起ったのだ。

ふすまのそとへ出ようとしていた白蠟仮面は、とつぜん、アッとさけぶと、手にしたピストルをとりおとした。

「だ、だれだ」

とさけんで、白蠟仮面はあわてて、ピストルをひろおうとしたが、その鼻さきへ、ヌッとつきつけられたのは、一ちょうのピストルである。さすがの白蠟仮面もおどろいて、あわてて二、三歩とびさがると、

「あ、き、きさまは青髪鬼！」

いかにもそれは青髪鬼だった。あの秋の空のようにまっさおな髪、ミイラのように、しわだらけのはだ……青髪鬼はギラギラとあやしく目をひからせながら、無言のまま白蠟仮面の手から、暗号の紙きれをとりあげると、そのままじりじりとあとずさり。

「お、おのれ！」

白蠟仮面はじだんだふんでくやしがったが、ピストルの力にはかなわない。

青髪鬼はしだいにあとずさりをしていって、やがて縁がわでとまると、あいている雨戸のすきまから、さっと庭へとび出した。

「おのれ、青髪鬼、待て！」

白蠟仮面もそのあとからじぶんの落したピストルをひろいあげると、これまたまっくらな庭へいちもくさん。さっきから、そのようすを見ていた進も、両手をしばられたまま、ふらふらと立ちあがったが、そのときだった。

「御子柴君、しずかにしたまえ」

だしぬけに、うしろから声が聞えたので、ギョッとふりかえると、ああ、なんと、ねているはずの俊助が寝床の上におきなおり、ニコニコ笑っているではないか。

「あっ、三津木さん、あなたは起きていたんですか」

「しっ、白蠟仮面は……？」

「白蠟仮面は青髪鬼のあとを追っかけていきました。しかし、三津木さん、あなた、ねむり薬をのまされたんじゃなかったんですか」

「なあに、さっきの酒、ちょっとへんな味がしたから、のむようなふりをして、うまく捨てていたのさ。ところが、このへやへさがってくると、いきなり河野君がグウグウねむりこけてしまったから、ひょっとするとさっきの酒に、ねむり薬がはいっていたのではあるまいかと、ぼくも寝たふりをしていたのさ」

「しかし、それじゃ、あの暗号は……？」

「あっはっは、しんぱいするな、あれはにせものだよ」

「えっ、にせもの……？」

「そうだ。ぼくもまさか了海和尚が白蠟仮面とは気がつかなかったが、なににしてもあやしいそぶり。きっと暗号をねらっているのだろうと思ったから、わざとにせの暗号をとり出しておいたのさ。あっはっは」

俊助は笑いながら、河野青年を起したが、よほど薬がきいているとみえて、目をさますけはいもない。

「しかたがない。それじゃ、このまま朝まで寝かしておこう。ときに、御子柴君」

「はい」

「さっき、白蠟仮面がいってたな。和尚も了仙というわかいお坊さんも、ねむり薬をのまされて本堂のほうで寝ていると。……ひとつ、いってみようじゃないか」

本堂までやってくると、なるほど、うすぐらいすみのほうに、了海和尚とわかい了仙が、さるぐつわをはめられたうえ、がんじがらめにしばられてころがっていた。

ふたりとも、もう薬のききめがきれたとみえて、目をさましてもがいている。

俊助と進が、いそいでいましめをとき、さるぐつわをはずしてやると、

「あなたはいったいだれじゃ」

と、了海和尚があやしむようにたずねた。

「ぼくは三津木俊助というものです。河野君から、ここへとめていただくよう、おねがいしておいたものです」

「しかし、その河野君は……？」

「河野君はむこうに寝ています。ねむり薬をのまされているのです」

と、てみじかにわけを話し、寝室へつれてきて、ねむっている河野青年のすがたをみせると、和尚も了仙君もやっとなっとくした。

「いや、うたがってすまなかった。なにしろ、さっきひどいめにあったものだから。……しかし……」

と、和尚は思い出したように、

「河野君の話によると、もうひとり、つれがあるという話だったが……十三、四の女の子がくるはずじゃなかったのかな」

「さあ、それです」

と、三津木俊助はひざをすすめて、

「それについては、たいへんなことができまして……」

と、さっきのあばれ馬車のいきさつから、ひとみらしい少女が自転車にのせられて、この村のほうへくるのをみたという漁師の話をうちあけたのち、

「だから、ひとみさんはひょっとすると、この村のどこかにいるんじゃないかと思うんです」

と、そういう俊助の話をきいて、わかい了仙君の顔色がさっとかわった。

クモの巣の岩窟

「おや、了仙さん、あなた、なにかごぞんじなんですか」

「はあ、そういえばきょうの夕がたのことでした。わたし、裏山へたきぎをとりにいったんですが、そのかえりのこと、自転車をひいて、下からのぼってくる、へんな男にあったんです」

「なるほど、それで……」

「みるとその自転車には、十三、四歳の女の子がぐったりとのっています。わたしがわけをたずねると、この子がきゅうに病気になったので、隣村の医者へつれていくというんです」

「なるほど、それから……？」

「いや、わたしはそれきりわかれたんですが、あとから考えると、徒歩なら山越えのほうがはやいが、自転車があるなら、ふつうの道をいったほうが、よっぽどはやいだろうにと、ふしぎに思っていたんです」

「いったい、どんな男でした」

「さあ、どんな男といって……」

了仙は首をかしげた。俊助は和尚のほうへむきなおって、

「和尚さん、この山のなかに、どこか、かくれていられるような場所がありませんか」

「それはある。いくらでもある」

と、和尚はことばをつよめて、

「この山には、ふかいふかい鍾乳洞《しようにゆうどう》がある。土地のものはクモの巣の岩屋とよんでいるが、まるでクモの巣のように、四方八方へひろがって、だれもそのおくを、つきとめたものはないのじゃ。なんでもその洞窟のなかには、海の底までつづいているものもあるという」

俊助と進は、思わず、顔を見あわせた。ひょっとすると、その洞窟が烏帽子岩まで、つづいているのではあるまいか。

「だから、そういう洞窟のなかへつれこまれたら、こんりんざい、ひとの目につくことはあるまい。なにしろ、なかは迷路のようになっているんだからな」

それを聞くと進は、なんともいえぬきみわるさをかんじた。ああ、そういうおそろしい洞窟のなかへ、つれこまれたひとみは、いまごろどうしているのだろうか。

「ときに、了仙さん」

「はあ」

「あなたの出あった自転車の男ですがね。そいつはもしや、まっ青な髪の毛をしていやあしませんでしたか」

「な、な、なに、まっ青な髪だって?」

和尚や了仙のおどろきが、あまり大きかったので、かえって俊助がびっくりして、

「あなたがたは青い髪の男をごぞんじですか」

「ふむ、しらぬこともない。しかし、了仙、おまえのあったのはあの男だったのかい」

「いいえ、和尚さん、ちがいます。青い髪の男ではありません」

「しかし、和尚さん、青い髪の男というのは……？」

「さあ、それじゃ」

と、和尚もふしぎそうに首をかしげて、

「わしも、あの男がどこに住んでいるのかしらん。ときどき、すがたを見ることがあるが、こっちのすがたを見ると、こわいもののようににげてしまう。ひょっとすると、あの洞窟のなかに住んでいるのじゃないかと、村のひとたちはいっている。なにしろミイラのような顔に、まっ青な髪の毛だから、女子《おなご》どもはこわがって、青い髪のゆうれいだというている。しかし、べつにわるいこともせんので、ほうってあるが、まあ、頭のおかしい人間じゃろうな」

「そして、そいつ、いつごろから、ここにいるんですか」

「さあ、もうひと月ぐらいになろうかな。どこからともなく、ときどき、ひょいとすがたをあらわすのだが、わしがいちばんちかごろみたのは、一週間ほどまえ、三月十五日の晩のことだったな」

「な、な、なんですって、三月十五日の晩ですって。和尚さん、まちがいはありませんか」

「了仙、まちがいはないな」

「はい、まちがいはありません。たしかに三月十五日の晩でした」

俊助と進は、ぼうぜんとして顔を見あわせた。

君たちもおぼえているだろう。三月十五日といえば、ひとみの誕生日。その晩、ひとみと進は、ガラス工場の地下室で、青髪鬼のために水攻めにされたのだ。

そのおなじ晩に、和尚や了仙は、この村で青髪鬼を見たという。それでは、青髪鬼はふたりいるのだろうか。

洞窟の怪人

ひとみはいったい、どれくらいながく気をうしなっていたのだろうか。ふと気がつくと、まっ暗がりのなかにねているのだった。

「あら！」

と、びっくりして起きなおると、あわててあたりを見まわしたが、うるしをぬりつぶしたようなやみのなか、なにひとつ見わけることもできない。ひとみはいそいで手さぐりで、あたりをさわってみたが、手にふれるのはしめった土のようだった。

「まあ、それじゃあたし、地面のうえにねていたのかしら」

ひとみはふと、気をうしなうまえのことを思い出した。

あばれ馬車のうえで、気ちがいのようにすくいをもとめているうちに、俊助や進ともみるみるとおくはなれてしまって、やがてたんぼみちへさしかかったときだった。

ふいに横からとびだしてきた、自転車にのった男が、

「とびなさい。思いきって、たんぼのなかへとびなさい！」

と、大声でさけびながら、馬車のあとから追ってきた。

その声にはっと気がついたひとみは、いわれるままに、さっと馬車からたんぼをめがけてとびおりたが、それきりふっと気をうしなって、あとのことはいっさいしらないのである。

「まあ、それじゃあたし、まだたんぼのなかにねているのかしら。そして、日がくれたのでこんなにまっくらなのかしら」

しかし、それにしてもすこしへんだった。いかに闇夜《やみよ》とはいえ、いくらかはものかげが見えそうなものなのに、あたりはまるで、黒いビロードにつつまれたような暗やみなのだ。おまけに、どんなに耳をすましても、なにひとつ、もの音はきこえない。

ひとみはきゅうに、なんともいえぬほど心ぼそくなって、いまにも泣きだしそうになったが、そのとき、ふと、ポケットに万年筆がたの懐中電燈のあったことを思い出した。いそいでポケットをさぐってみると、さいわい落しもせずに懐中電燈は、まだそこにあった。

ひとみはそれであたりを照らしてみたが、そのとたん、思わずアッといきをのみこんだ。

そこはなんと土ろうのような穴のなかだった。右も左も、上も下も、しめって、ジメ

ジメとした土のかべで、しかもこの穴は、どこまでも、どこまでもつづいているらしいのだ。

ひとみはなんともいえぬおそろしさに、声も出ず、ただ、ガタガタとふるえていたが、ふとみると、そばになにやらおいてあった。それは、小さなバスケットと水筒だった。

「まあ！」

ひとみは目をみはりながら、こころみにバスケットをひらいてみると、なかにはおいしそうなサンドウィッチが、ぎっしりつまっているではないか。

「まあ！」

ひとみはまた目をみはった。

このサンドウィッチや水筒は、じぶんのためにおいていってくれたのかしら。そういえばひとみのねていたところには、レイーン・コートがしいてある。

「ああ、だれかがあたしを、ここへつれてきてくれたのだわ。そして、土のうえにじかにねかせて病気になってはいけないと、レイーン・コートをしいていってくれたのだわ。それからこのバスケットや水筒をおいていってくれたのだわ。そうすると、そのひとはきっとあたしのみかたにちがいない」

ひとみはやっと安心した。安心するときゅうにおなかがすいてきた。

水筒のせんをぬくと、なかにはあまい紅茶がつまっていた。

ひとみはそれでのどをうるおし、サンドウィッチをたべはじめたが、そのときだった。

だしぬけにやみのなかから、

「お嬢さん、わたしにもひとつ、サンドウィッチをわけてくださらんか」

と、かのなくような声がきこえたので、

「キャッ！」

とさけんで、ひとみはとびあがった。

「だ、だれ？　そ、そこにいるのは……？」

ひとみはふるえる手で懐中電燈をむけたが、そのとたん、全身の血がこおるようなおそろしさを感じた。なんと、二、三メートルむこうの土のうえに、しょんぼりすわっているのは青髪鬼ではないか。

「お嬢さん、わたし、腹がへってたまりません。サンドウィッチをわけてください」

青髪鬼はあわれっぽい声でいいながら、こちらへにじりよってきた。ひとみはあまりのおそろしさに、動くこともできない。青髪鬼は、ひとみのそばまでよってくると、サンドウィッチをひとつつまんで、むしゃむしゃとたべはじめた。

ひとみはガタガタふるえながら、あいてのようすを見ていたが、しだいにみょうな気がしてきた。いつもとちがって、きょうの青髪鬼には、すこしも危険らしいところがないのである。

いやいや、青い髪といい、ミイラのようなはだといい、見たところはきみがわるいのだが、いかにもおとなしそうなようすなのである。

青髪鬼はサンドウィッチをたべおわると、

「お嬢さん、あの、もうひとつたべてもいいですかな」

と、はずかしそうにまばたきをしたが、その目つきにも、いかにも善良そうな色があらわれていて、いつもの青髪鬼とは、まるでちがっているのだ。

ひとみはだんだんおちついて、

「ええ、どうぞ、いくらでもめしあがれ。あの、でも、おじさん、あなたはだれなの。どうしてこんなところにいるの」

ひとみが思いきってたずねると、青髪鬼は悲しそうに首をふりながら、

「わたしがだれ……？　ああ、わたしはいったいだれなのじゃ。お嬢さん、それがわたしにはわからないんじゃ。じぶんがどこのどういうものか、わたしはわすれてしもうたのじゃ」

「まあ！」

と、ひとみは目をみはって、

「あなたはもしや、鬼塚三平さんじゃありませんの」

「鬼塚……？　三平……？」

青髪鬼はふしぎそうにまゆをひそめて、

「鬼塚三平……？　鬼塚三平……？　ああ、なんだか聞いたような名まえだ。たしかに、どこかで聞いたことがある……しかし、お嬢さん、そういうあんたはだれじゃな」

「あたし、月丘ひとみですわ。月丘謙三の子どものひとみですわ」

「月丘謙三……月丘謙三……おお、たしかに聞いたことがある。そして、あんたはその謙三のお嬢さんのひとみというのかな」

「そうですわ。そして、いつかあなたは、あたしを殺そうとしたではありませんか」

「えっ！　わたしがあんたを！」

青髪鬼は目をまるくして、

「と、とんでもない。わたしは人殺しをするような悪人ではない」

「でも、あなたは古家万造さんを殺そうとしましたわ。そして、神崎博士を殺してしまいましたわ」

「えっ、古家万造……神崎博士……ああ、たしかにどこかで聞いたことがある……古家……神崎……月丘……そして、そして鬼塚三平……」

青髪鬼は両手で頭をかかえこんで、しきりになにやらつぶやいていたが、そのときだった。

やみのなかから、するするとヘビのようにはいよったひとつのかげが、はっしとばかり青髪鬼のあたまに、なにやらふりおろした。

もし、そのとき、青髪鬼が本能的に身をさけなかったら、おそらく頭をぶちわられて、たちどころに死んでいたことだろう。

ひとみもはっと、二、三歩あとへとびのくと、とっさに懐中電燈をとりなおし、いま青髪鬼をおそったかげにむけたが、こんどこそ、ひとみは全身の血が、こおってしまうようなおそろしさをかんじたのである。

なんと、暗やみのなかに仁王立《におうだ》ちになって、さか手ににぎったピストルを大上段《だいじょうだん》にふりかぶっているのは、これまた青髪鬼ではないか。

しかも、あのおそろしい目つき、ねじれたくちびる……これこそ、いつかひとみを水攻めにして、殺そうとした青髪鬼なのだった。

さて、話がかわって、こちらは三津木俊助と探偵小僧の御子柴進である。了海和尚と了仙から、クモの巣の岩屋の話をきくと、すぐに出かけることにした。

クモの巣の岩屋の入口というのは、太平寺のうら山の、たかい崖《がけ》のしたにあるのだ。その崖のうえに立って見ると、月の光にくっきりと海からそびえ立つ烏帽子岩のすがたが見えた。

そこまでは、わかい了仙が案内してきたのだが、それからさきへはどうしても、進もうとはしない。

「あっはっは、いいですよ、いいですよ。きみは、はやくかえって、和尚さんのそばにいてあげたまえ。また、わるいやつがくるといけないからね」

「はい、それではこれで……」

と、にげるように山をくだっていく、了仙のうしろすがたを見送って、俊助と進は崖をおりていった。

崖のしたには人間ひとり、やっとくぐれるくらいの穴があいていて、のぞいてみるとなかはまっくらだ。

「探偵小僧、きみはこのなかへはいっていく勇気があるか」

「三津木さん、いっしょにつれていってください」

「よし」

それぞれ懐中電燈をふりかざし、ふたりは洞窟のなかへはいっていった。はじめのうちは、やっと立ってあるけるくらいの高さしかなかったが、ものの十メートルもいくと、洞窟はしだいにひろくなってきた。

ふたりは全身の神経をきんちょうさせて、用心ぶかくすすんでいったが、やがて、はたとこまったように立ちどまった。

道がそこで三つまたになっていて、どちらへ進んでよいのかわからない。

「探偵小僧、なにかめじるしになるようなものはないか、さがしてみよう」

「はい」

ふたりは目をさらのようにして、洞窟のなかをさがしていたが、とつぜん、進がうれしそうなさけび声をあげた。

「あっ、三津木さん、ここに自転車のあとがついています」

「なに、自転車のあと？」

見ればなるほど、しめった土のうえに、タイヤのあとがついている。

「ああ、これはきっと、ひとみさんをのっけていった自転車のあとにちがいない」

「それじゃ、このタイヤのあとをつけていけばいいのですね」

「そうだ、そうだ。こんないい道しるべはない。これをつけていこう」

こういうはっきりとした道しるべがみつかったので、ふたりはもうまよう心配はない。クモの巣という名まえがついているだけあって、洞窟のなかには、いたるところに、わき道や、枝道があったが、ふたりはタイヤのあとをつたって、まようこともなく、おくへおくへと進んでいった。

その道は、おくへ進むにしたがって、しだいに下へさがっているのだ。

「三津木さん、やっぱりこの洞窟の道の一つが、あの烏帽子岩までつづいているんですね」

「うん、きっとそうだ」

それからまた、ふたりは無言で、洞窟のおくへと進んでいったが、やがて、とあるまがり角をまがったときだった。

「だれか！　そこにいるのは！」

とつぜん、俊助がさけんだかと思うと、さっと懐中電燈の光を、前方のやみにむかってさしむけた。

影の人の正体

俊助の声があまりだしぬけだったので、進もびっくりしてとびあがったが、と見れば、懐中電燈の光のなかに、くっきりとうかびあがったのは、自転車を持った男のすがたである。

自転車を持った男は、だしぬけにうしろから、懐中電燈の光をむけられ、

「しまった！」

とさけぶと、自転車をすてて、にげだした。道がわるいので、とても自転車にのってはいけない。

「待て！」

とさけんで、追っかける俊助のあとから、進も走っていった。

自転車の男は、よほど洞窟の地理にあかるいとみえ、くらがりのなかをネズミのように走っていったが、そのうちに、なにかにつまずいたとみえて、よろよろよろめいたあげく、ばったり土のうえに倒れた。

それを見ると、

「しめた！」

とさけんだ、三津木俊助、起きなおろうとするあいての背中に馬のりになると、すば

やくピストルを取りだして、ピタリと後頭部におしつけた。

「抵抗するとこれだぞ」

「いや、もう抵抗はせん。三津木君、すまないがそこをどいてくれたまえ」

「えっ？」

あいてが意外におとなしいうえに、じぶんの名まで知っているので、俊助はびっくりしてとびのくと、

「きみはだれだ」

「いま話す」

あいてはよろよろ起きなおったが、見ると黒いふろしきで、目から下をかくしている。

それを見て、思わずさけんだのは進だった。

「あっ、あなたは影の人！」

それを聞いて、あいてはかすかにうなずいた。

ああ、そのひとこそは、いつか進とひとみ、白蠟仮面が、青髪鬼のために水攻めにされ、あやうく殺されようとするところを、助けてくれたひとではないか。

「ああ、そ、それじゃあなたが影の人でしたか。これは失礼しました。しかし、いったいあなたはどなたです。顔を見せてください」

影の人はかすかにうなずき、無言のまま顔からふろしきをとったが、ああ、そのときの俊助と進のおどろき！

「あっ、あなたは神崎博士！」

とさけんだきり、ふたりとも、ぼうぜんとして、立ちすくんでしまった。

なんと、いまそこに立っているのは、ガラス工場のガラスのプールに落ちて、死んだはずの神崎博士ではないか。

「三津木君も御子柴君もおどろかせてすまなかった」

神崎博士はにっこり笑って、

「ぼくはあのとき、プールへおちたのではなかったのだ。ピストルにうたれたようなまねをして、わざとプールのふちにある棚のうえに落ちたんだ。そして、そこにこしらえてあったぬけ穴からぬけだしたんだ」

「しかし……」

と、俊助はまだおどろきのさめやらぬ顔色で、

「あとでプールの検査をしたら、ちょうど人間ひとりぶんの燐が出てきたというのは……」

「それはぼくが、病院から買ってきておいた骸骨を投げこんでおいたからだ」

「しかし、どうしてそんなことを……」

「三津木君、ぼくは死んだものになっていたかったんだ。死んだものになって、青髪鬼や白蠟仮面の手からのがれるとともに、ひとみさんを青髪鬼の魔の手から、守ろうと思っていたんだ」

「あっ、それじゃ、きのう、ひとみさんを助けたのも……」

「そうだ、ぼくだ。ひとみさんは安全に、この洞窟のおくにかくしてある。さあ、三津木君も御子柴君も来たまえ」

だが、そのときだった。とつぜん、洞窟のおくから聞えてきたのは、二、三発のピストルの音。それにつづいて、絹をさくような少女の悲鳴……。

「あっ、あれは……」

三人は思わずドキンとして顔を見あわせた。

「あの悲鳴はひとみさんにちがいない。三津木君も御子柴君も来てくれたまえ」

と、いっさんにかけだす神崎博士のうしろから、俊助と進も走っていった。

洞窟のなかは、いよいよ広く、あみの目のように道がひろがっているが、神崎博士はよほどこの洞窟の地理にあかるいとみえ、道にまようこともなく走っていく。

そして、まもなくやってきたのは、ひとみをねかしておいた袋小路の入口だった。

そこまできたとき、せんとうに立った神崎博士が、なにかにつまずきよろめいた。

「あっ、こんなところにだれか倒れている！」

「ひとみさんじゃありませんか」

そういいながら俊助と神崎博士が、同時に懐中電燈の光をむけたせつな、進は、あっとさけんでとびのいた。

なんと、そこに倒れているのは青髪鬼。しかもその青髪鬼はからだに二、三発、ピストルの弾丸をうけて、血まみれになってうなっているのだ。

「あっ、青髪鬼がうたれている！」

「あっ、ちょ、ちょっと待ってください」

と、神崎博士は、つらつらと青髪鬼の顔を見ていたが、やがて、ギョッとしたように、進をふりかえると、

「御子柴君、青髪鬼の顔は、きみがいちばんよくしっているはずだが、きみたちを水攻めにした青髪鬼はこのひとだったかね」

そういわれて進は、ふしぎそうに、そこに倒れている男の顔を見ていたが、にわかに息をはずませると、

「ちがいます、ちがいます。とてもよく似ていますけれど、ぼくたちを殺そうとした青髪鬼は、このひとではありません」

「探偵小僧、それじゃ日比谷公園であったという青髪鬼というのは……？」

「いいえ、日比谷であったのもこのひとではないようです。日比谷であった青髪鬼が、ぼくたちを殺そうとしたんです」

進の話を聞いているうちに、俊助の頭にさっとひらめいたのは、この事件のいちばんはじめに、古家万造の秘書、佐伯恭助からあずかった、封筒のなかにあった二枚の青髪鬼の写真のことである。

あの二枚の写真はたいへんよく似ていたが、どこかちがっているようなところもあっ

た。俊助はその写真を青髪鬼第一号、第二号と区別したが、いまそこに倒れているのは、たしかに青髪鬼第一号である。

「神崎先生、それじゃ青髪鬼はふたりいるんですか」

「いいえ、青い髪の男は、ここに倒れているこの人物ひとりです。三津木君、この男こそほんものの鬼塚三平なんですよ」

「それじゃ、もうひとりの男は……?」

「さあ、わたしにもだれだかわかりません」

と、神崎博士はちょっとことばをにごして、

「とにかく、わたしはふしぎでならなかったのです。鬼塚君はマレーのコバルト鉱山を脱出して、日本へかえってくると、わたしと古家万造氏にあいにきました。そのとき、わたしは鬼塚君にあやまったのです。そして、ひとみさんに毎年ダイヤを送っているという話をすると、鬼塚君もゆるしてくれました。ところが、それからまもなく、とつぜん、鬼塚君のゆくえがわからなくなりました。そして、あのへんてこな死亡広告が新聞に出たのです」

神崎博士はためいきをついて、

「そのとき、古家万造氏は、てっきりあれは鬼塚君のしわざにちがいない。鬼塚君がわれわれ三人の命をねらっているのだと、たいへんこわがっていました。それを聞いてわたしはへんな気がしたんです。鬼塚君はそんなひとではないし、だいいち、ひとみさん

をねらうはずはないのです。だから、だれかが鬼塚君にばけて、われわれを殺そうとしているのではないか。……そう思ったものだから、わたしは死んだものになって、すがたをかくし、かげながらひとみさんをまもるいっぽう、鬼塚君のゆくえをさがしていたんです」

神崎博士の話をきいて、俊助や進にも、ようやくことのいきさつがわかってきた。

「しかし、神崎先生、それじゃ、鬼塚君にばけている青髪鬼とはいったいだれなんです」

「さあ、それは……」

神崎博士がなぜかいいしぶっているときだった。とつぜん、洞窟のおくから聞えてきたのは、またしてもピストルの音。しかも、こんどははげしくうちあうピストルの音……。

クモ岩の怪

「やあ、あの音はなんだ！」

「神崎先生、いってみましょう」

「しかし、鬼塚君をどうしたものか」

神崎博士がためらっているところへ、

「そこにいるのは三津木さんじゃありませんか」

と、声をかけてちかづいてきたのは、通信員の河野記者。

「すみません。すっかりねこんじゃって。さっき目がさめたら、三津木さんはこっちだというんで、いそいで追っかけてきたんです」

河野青年は面目なさそうに頭をかいている。

「ああ、河野君、いいところへ来た。このひとを医者へつれていってくれたまえ」

「え？」

河野青年は足もとに倒れている、鬼塚三平のすがたを見ると、びっくりしてとびのいた。

「こ、こ、これは、ど、どうしたんです」

「なんでもいいから、大急ぎで医者へつれていくんだ。そうだ。ここへくるとちゅうに自転車があったろう。あれを借りていきたまえ」

「しょうちしました。しかしあなたは……？」

「ぼくはまだ、この洞窟のおくに用がある。それじゃあとはたのんだぞ。さあ、神崎先生、探偵小僧、いこう」

と、あとは河野青年にまかせておいて、三人はまた洞窟のおくへ進んでいった。

ピストルの音はそれきりたえて、洞窟のなかには、死のようなしずけさがただよっている。

おくへ進むにしたがって、洞窟は、いよいよ網の目のように、どこまでも広がっているのだ。しかも進むにしたがって、道はしだいにさがっていく。

やがて三人のゆくてにあたって、ほんのりとあかりが見えてきた。

「おや、神崎先生、あのあかりはなんですか」

「あれは、月の光です。月光が、さしこんでいるのです」

「え、それじゃ、洞窟の出口へきたんですか」

「いや、そうじゃありません。いまにわかりますよ」

やがて、一同がたどりついたのは、二十メートル四方もあろうという、天井のたかい、洞窟内の大広場。しかも、その洞窟の一部分に、小さい穴があいていて、そこから月の光がさしこんでいるのだ。

「そこから外をのぞいてごらんなさい」

神崎博士のことばに、ふたりは外をのぞいたが、そのとたん、思わずアッとさけんだ。

その岩のすぐ外がわは海になっているらしく、打ちよせる波の音が、足もとにとどろいている。しかもその穴のむこうに、月光をあびて、くっきりと海上にうかびあがっているのは、なんと烏帽子岩ではないか。

「あっ、そ、それじゃやっぱり、これが烏帽子岩へわたる通路なんですね」

「そうです、そうです。このへんには昔、海賊がおおかったといいますから、海賊がこういう通路をつくったんですね。それをひとみさんのおとうさん、月丘謙三君が発見して、われわれの秘密の工場に利用したんです」

「秘密の工場って？」

「いまにわかります。それより、この岩をごらんなさい」

神崎博士にそういわれて、うしろをふりかえった俊助と進は思わず、アッと目をみはった。

大広場いっぱいに、足をひろげてうずくまっているのは、クモそっくりの形をした、大きな岩ではないか。ああ、それでは暗号に書いてあったクモというのは、この岩をさしていたのだろうか。

「この岩が、大宝窟へはいる扉になっているのです」

神崎博士のことばもおわらぬうちに、またもや、ズドン、ズドンと、ピストルをうちあう音。しかも、こんどは地の底からひびいてくるではないか。

そして、そのピストルの音にまじって聞える声は、たしかに白蠟仮面である。しかも白蠟仮面はなにやら大声でわめいている。その声にまじって聞えるのは、絹をさくようなひとみの悲鳴。

「神崎先生、神崎先生、あなたは、この扉の開きかたをごぞんじないのですか」

「いいえ、知っています。さっそく開いてみましょう。しかし、三津木君」

「はい」

「どうやらこのなかには白蠟仮面もいるらしい。ピストルの用意をしてください」

「しょうちしました」

三津木俊助は腰のピストルに手をやって、さっときんちょうした顔色になった。

「御子柴君、きみも気をつけたまえ。青髪鬼にしろ、白蠟仮面にしろ、どちらもおそろしいやつだから」

と、そういうことばももどかしく、神崎博士は、大グモのかたちをした岩のまわりを、まわっていたが、やがて、とある一本のクモの足の下に手をつっこむと、なにやら力まかせにおしていたが、と、どうだろう。

どこやらで、ギリギリギリギリと、くさりのきしるような音がきこえたかと思うと、クモの目玉にあたる岩のひとつが、一メートルほど横にずれて、そのあとにぽっかりあいたのは人ひとり、やっと通れるくらいのたて穴だったのだ。

「三津木君、御子柴君、大いそぎで穴のなかへとびこんでくれたまえ。この扉は、しぜんとしまるしかけになっているんです」

神崎博士のことばに、俊助がまずいちばんに、つづいて進がとびこんだ。そして、さいごに神崎博士がとびこんだとたん、ギリギリ、ギリギリ……と、きみのわるい音をたてて、クモの目岩はしぜんとしまってしまった。

「神崎先生、この岩はなかからも開くことができるんですか」

進が心配になってたずねると、

「は、は、それはだいじょうぶ。それでなければ、いったんここへはいったひとは、外へ出られなくなるもの」

「神崎先生、それではほかに出口はないのですか」

「いいや、三津木君、もうひとつ出口があるんだ。いまは潮がひいているから、それをぼくは心配しているんだ」

「潮がひくとどうなるんですか」

「烏帽子岩の根もとに、洞窟がひとつあいてるんだ。潮がみちるとその洞窟は、波の下にかくれるんだが、潮がひくとその入口があらわれる。このあいだ調べたところが、青髪鬼のやつ、その洞窟のおくに、モーターボートをかくしているんだ。だから……」

「あっ、それじゃいそぎましょう。ここまで追いつめて青髪鬼を取りにがしちゃたいへんだ」

「そうです。そうです。それに、ひとみさんのこともあるし」

もちろん、こういう話をしているあいだも三人は足をいそがせていた。

そのたて穴にはすりへった岩の階段ができていた。潮がみちると、この階段も波の下になるとみえ、階段には、いっぱい海草がこびりつき、どうかするとすべりそうになる。

三津木俊助は、懐中電燈の光をたよりに、このあぶなっかしい階段を、まず先頭に立っていった。そのうしろから進と神崎博士が、一歩一歩用心しながら、おっかなびっくりでおりていく。

岩の階段は三十段ほどあったが、それがつきるとよこ穴になった。

「神崎先生、神崎先生、それじゃ、ここは海の底なんですね」

「そうだよ、御子柴君、潮がみちるとこの洞窟も、海水でいっぱいになるんだ」

「なんだかきみがわるいなあ」

進はひざがしらが、ガクガクふるえるかんじだった。

よく静かなことを、海の底のような静けさというが、いまこそ三人は海の底にいるのだ。その静けさのきみわるさといったらない。

三人は、はうようにしてその洞窟にすすみながら、

「それにしても神崎先生。あれきりピストルの音も、さけび声もきこえなくなりましたが、みんな、どうしたんでしょう」

「それをぼくも心配しているんだ。まさか、みんな死んでしまったのじゃあるまいね」

神崎博士は声をふるわせたが、そのときだった。

またもや、ゆくてにあたって、ズドン、ズドンと、ピストルの音。とじこめられた洞窟内の空気にこだまして、耳の鼓膜もやぶれんばかりに、ひびいてきた。

青髪鬼はだれ？

「あっ、まだ、生きているぞ！」

進はそのときほど、ピストルの音をうれしくかんじたことはなかった。白蠟仮面や青

髪鬼が生きているなら、ひとみもまだ生きているかもしれないと思ったからである。

三人は、洞窟内を脱兎のごとく走っていくと、やがてまた岩の階段にぶつかった。

「三津木君、気をつけたまえ、あまりあわてるとすべりますよ」

「しょうちしました」

ぬるぬるした海草におおわれた階段の、とちゅうまで来たときだった。ズドンと一発、ピストルの音がひびいたかと思うと、

「わっ！」

と、たまげるような男のさけび声。それにつづいて、ドサリとなにかが倒れる音。三人は、はっと顔を見あわせた。

「青髪鬼か白蠟仮面がやられたんですね」

「ひ、ひとみさんはどうしたんでしょう。ちっとも声がきこえませんが……」

「しっ、だれかが烏帽子岩のなかを歩きまわっている」

なるほど、耳をすますと上のほうから、いそがしく歩きまわる足音がきこえてきた。なにやらかきまわしているらしく、ときどき、ガタンとなにやら倒れる音がして、それそれにつづいて、パラパラと豆をばらまくような音がきこえた。

「あっ！　しまった。ダイヤモンドを持っていこうとしているんだ！」

神崎博士のことばにつづいて、

「だれか！　そこにいるのは！」

と、三津木俊助がきっとピストルを身がまえながら、するどい声をかけた。すると、きゅうに、上のもの音がぴったりやんだかと思うと、やがてなにやらガサゴソと、みょうな音をたててまっ暗な階段をおりてきた。

いや、人間の足音ではない。ガサゴソ、ガサゴソ……うごめくような、はうような、なんともいえぬうすきみわるいもの音が、しだいにこちらへおりてくるのだ。

さすがの三津木俊助も、全身の毛という毛が、さか立つようなおそろしさをかんじながら、それでもさっと懐中電燈の光を、上のほうへさしむけていたが、すると、どうだろう。

暗やみのなかから、のっそのっそとはいおりてきたのは、なんと直径一メートルもあろうという、大グモではないか。そういう大グモが、いやらしい足をかわるがわる、ふるえるようにあげて、おりてくるきみわるさ。

一同はしばらくシーンとしびれたように、その場に立ちすくんでいたが、だしぬけに、気がくるったようにさけんだのは進だった。

「あっ、クモだ！　クモだ！　大グモだ！　日比谷公園で、佐伯さんの顔のうえをはっていたクモだ！」

進がさけんだせつな、

「おのれ！」

と、ばかりに俊助が、ピストルを打ちはなせば、ねらいはあやまたずクモに命中した

が、ああ、なんということだろう。そのとたん、

「パン！」

と、みょうな音がしたかと思うと、クモのすがたが、いっぺんにちぢこまってしまったではないか。

「あっ、ゴム風船だ！」

一同が、あっけにとられて、たがいに顔を見あわせているところへ、上のほうからきこえてきたのは、どくどくしい白蠟仮面のわらい声。

「あっはっは！　三津木俊助、おどろいたか。青髪鬼のやつが用意していた、クモのおもちゃで、ちょっとおどかしてやったんだ。あっはっは！」

と、ふたたびどくどくしい笑い声をあげると、た、た、た、た、た……と、足音がとおざかっていく。

こっぱみじん
「しまった！　烏帽子岩の根もとの入口から逃げていくんだ！」

神崎博士がいちばんに、階段をかけのぼっていった。そのあとから進と三津木俊助。

やっと階段をかけのぼると、そこは二十メートル平方ほどの、烏帽子岩の内部になっていて、ここにも岩のさけめから、かすかに月光がさしこんでいる。

その月光と懐中電燈の光で、あたりを見まわした三人は、思わずギョッといきをのみこんだ。

岩でできた床の中央には、大きな機械がすえてあり、その機械のまわりには、血がいっぱいとんでいる。しかも、その血にまじって、星のように散らばっているのは、なんとおびただしいダイヤモンド。

「あっ、こ、このダイヤモンドは……」

びっくりして立ちすくんでいる三津木俊助と進には目もくれず、神崎博士は懐中電燈で、洞窟の内部をしらべていたが、

「あっ、あそこにひとみさんが……」

見ればなるほど洞窟のすみの粗末なベッドに、少女がひとり、あおむけに寝かされているのだ。

それを見ると三人は、イナゴのようにベッドのそばへとんでいった。

「ひとみさん、ひとみさん」

神崎博士はいきなりひとみを抱きおこし、声をかぎりにさけんだが、ひとみの返事はない。

「し……死んでいるのですか」

進はガチガチと歯をならしてふるえている。こわいのではない。ひとみのことが心配なのだ。

「いいや、死んじゃいない。気をうしなっているんです。しかし、どこかにけがは……」

神崎博士はいそがしく、ひとみのからだをしらべていたが、

「ありがたい。どこにもけがはしていない。ただ、あまりのおそろしさに気をうしなったんだ。三津木君、三津木君」

「はあ」

「白蠟仮面が逃げたとすると、そこらに青髪鬼がいるはずだ。さがしてくれたまえ」

「あっ、そうだ」

あらためて、洞窟の内部を見まわす俊助と進の目に、ふと、うつったのは、機械のむこうから、にょっきりのぞいている二本の足。

「あっ、あそこに倒れている！」

ふたりがそのほうへかけよろうとしたときだった。下のほうからきこえてきたのは、ダ、ダ、ダ、ダという、エンジンのひびき。

「あっ、白蠟仮面がモーターボートで逃げていく」

「三津木君、こちらへ来たまえ！」

走っていく神崎博士のあとについていくと、さっき、のぼってきた階段と、べつの方角に、もう一つ岩の階段があった。三人がすべるようにその階段をおりていくと、やがて岩の扉にぶつかった。

神崎博士はそれを開こうとしたが、どういうものか開かない。

「しまった。白蠟仮面のやつがしかけをこわしていったんだ。三津木君、もういちど、うえへあがろう！」

三人はひきかえして、またもとの洞窟の内部へ来たが、そのとき、とおざかっていくモーターボートのエンジンの音がきこえてきた。

「ちくしょう、ちくしょう」

神崎博士はくやしそうにさけびながら、岩のさけめへかけよると、そこから外をのぞいた。三津木俊助と進も、同じように、岩のさけめを見つけて外をのぞいたが、見れば全身に月光をあびながら、モーターボートに乗って逃げていく、白蠟仮面のうしろすがた。

白蠟仮面はハンドル片手にふりかえると、烏帽子岩にむかって、あざけるように手をふっていたが、そのうちに、水中にかくれた岩に乗りあげたからたまらない。

ドカーン！

ものすごい音響とともに、モーターボートはこっぱみじんとくだけて、空中たかく吹きあげられてしまった。

白蠟仮面も四、五メートル、もんどりうってはねとばされたが、やがてしぶきをあげて、海中へおちてきたかと思うと、それきり浮きあがってはこなかった。

大団円

三人はしばらく海上を見つめていたが、やがてほっと顔を見あわせると、

「因果応報とはこのことですね」

「そうです。これで白蠟仮面はかたづきました。あとは青髪鬼のしまつです」

三人はげんしゅくな顔をして、床のうえに倒れている、青髪鬼のそばへちかよった。

青髪鬼はみごとに心臓をうちぬかれて、もはや息はない。

「御子柴君、日比谷公園で見た青髪鬼、それからきみたちを水攻めにして殺そうとした青髪鬼は、この男だったかね」

「はい、たしかにこのひとです」

「しかし、これはいったいだれ……？」

俊助がふしぎそうに目を見はっているときだった。床にたまっている海水で、ハンカチをしめした神崎博士が、青髪鬼をぬぐいながら、かみの毛に手をかけて、ぐいとかつらをひきぬいたとたん、

「あ、こ、これは古家万造……」

俊助と進がおどろいたのもむりはない。それこそ、青髪鬼に命をねらわれていると信じられていた、宝石王、古家万造そのひとではないか。

「そうです。古家万造です。わたしはまえから、万造が青髪鬼にばけているのではないか、と思っていたのです。それですから、死んだものになって身をかくし、万造の挙動をうかがっていたのです」

「しかし、万造はなんだって……？」

「それはここにある、人造ダイヤの機械をひとりじめにするためです」

「じ、人造ダイヤですって？」

「そうです。ひとみさんのおとうさんが、この貴重な秘密を発明しました。その月丘謙三君がなくなると、万造は鬼塚君をあざむいて、マレーのコバルト鉱山へ送ったのです。あとにのこるのは、謙三君のわすれがたみ、ひとみさんとぼくと万造の三人です。万造はわれわれふたりを殺して、この秘密を独占しようとしていたのですが、そこへ鬼塚君がかえってきたので、毒をのませて、ここへ押しこめたのです」

「ああ、鬼塚君は毒のために、記憶をうしなったのですね」

「そうです。そして、その鬼塚君にばけてわれわれふたりを殺そうとしたのです」

「なるほど。しかし、それではじぶんに疑いがかかるおそれがあるので、じぶんも青髪鬼にねらわれているように芝居をしていたんですね」

「そうです、そうです。ところがその計画をどういうはずみか、秘書の佐伯君にかぎつけられたので、これをいちばんに殺したのです」

ああ、しかし、その万造も白蠟仮面の弾丸《たま》にあたって死んでしまった。邪はついに正に勝たずとは、ほんとにこのことなのだろう。

こうして、さしもの悪人古家万造もほろびた。そして鬼塚三平も、その後正気にかえったのである。ひとみは、いまは神崎博士や鬼塚三平の援助のもと、いままでとうってかわって、幸福な身のうえになったが、ここにひとつ気がかりなのは白蠟仮面のことである。

烏帽子岩の付近の海上は、くまなく捜索されたが、白蠟仮面の死体はついに発見されなかったのだ。

御子柴進はときどき、白蠟仮面が生きていて、じぶんを追っかけてくる夢をみる。進はそれをおそれながら、またいっぽうでは、もう一度、あのような冒険をやってみたいとも思うのであった。

廃屋の少女

深夜の客

「おや、お母さまがおきていらっしゃるのかしら。それとも看護婦さんかしら」

ま夜中ごろ、ふと眼をさました千晶《ちあき》は、紅《あか》いもようの枕《まくら》から頭をもたげると、電気のきえたくらい座敷のなかに瞳《ひとみ》をこらした。ミシリミシリとしのびやかにたたみをふむ音が聞えるのだ。

どうやらふすまひとつへだてた、隣のへやらしい。

「なんだろう。お父さまが急におわるくなったのではないかしら」

千晶はふと、胸をつかれるような不安をかんじて、寝床の上に起きなおった。

千晶の父の御子柴《みこしば》博士は、有名なえらい学者だったが、この春ごろからふと健康を害して、ちかごろでは頭もあがらぬ大わずらい。ここ二、三日というものは、お母さんはほとんど夜もねむらずに、お父さんのそばにつききりで看病している。まだ十二になったばかりの幼い千晶が、ともすればめざめがちだったのも、そういう心配があったからなのである。

「おかあさま？——」

千晶はふとそう呼んでみる。しかし返事はなかった。いままできこえていた足音さえ、ピタリとやんで、息づまるような暗いしずけさ。

「だれ？　看護婦さんなの？」

千晶はおきあがると、音のしないようにふすまを押しひらいて、壁ぎわのスイッチをひねったが、そのとたん、冷たい手がいきなり千晶の口をおさえたのである。

「しッ、しずかに、声をたてるとひどいぜ」

「…………」

千晶がはっとして目をあげると、そばにつっ立っているのは、垢《あか》のにじんだ鳥打帽をまぶかにかぶって、ギョロリとしたひとみのものすごい大男。

「あらっ」

と、千晶は思わずこごえでさけんだが、すぐ気がついたように、

「おねがい！　大きな声をなさらないで」

「え？　なんだと？」

「お父さまがお病気でねていらっしゃるのよ。おねがいだからしずかにしてね」

いい家庭に育って、やさしい両親からいつくしまれてきた千晶には、世のなかにおそろしいものとてはなに一つない。人はみなたがいにしんせつにしあわなければならぬ、と教えられてきた千晶には、泥棒《どろぼう》さえもこわくなかった。

千晶があまりおちつきはらっているので、男はあきれたように手をはなして、顔をのぞきこんだ。

「お嬢さん、おまえさんはわしがどういう人間か、おわかりにならないとみえますね」

「あら、わかっててよ。あなた泥棒さんでしょう」

男はまた、めんくらったように目をパチクリさせる。まだ若い、二十五、六の青年なのだ。

「なんでもいいから早く金を出しねえ」

と男は急にこわい声を出した。

千晶はこまったように首をかしげていたが、きゅうに何か考えついたように、

「ああ、そうそう、いいことがあるわ。あたしお金をもっているのよ。それをさしあげますから、もう泥棒なんてするのおよしなさいね」

千晶は机のひきだしをあけると、あかい縮緬《ちりめん》のさいふをとり出して、

「さあ、ここに五万円くらいあるわ。だけど、これだけでたりるかしら」

と、いくらか心配そうになかみをかぞえている千晶の、あどけないようすを見ているうちに、男のようすがしだいにかわってきた。

「お嬢さん」

「なあに、あら、どうなすって？　泣いていらっしゃるのね」

「もったいのうございます。お嬢さん」

男はふいに、たたみのうえへうちふすと、

「聞いてください、お嬢さん。わしにもちょうど、お嬢さんとおなじ年ごろの妹がひと

りあります。かわいそうに、その妹が、長いことわずらっているんです」

と、声をのんで泣きながら、

「医者は、病院へ入れなければ、とてもたすかるまいと申します。しかし病院へ入れる金はなし、ええままよ、かわいい妹にゃかえられねえと、わるい考えをおこしたのでございますが、お嬢さんのおやさしさに、わしはつくづくまよいの夢がさめました」

「まあ、そうだったの」

千晶も思わずもらい泣きをしながら、

「それじゃ、とてもこのお金じゃたりないわね。どうしたらいいかしら。——ああ、いいことがあるわ。あたしずっとまえに、親類のおばさまからいただいた指輪があるのよ」

と、千晶はたんすのひきだしから指輪をとり出すと、

「これ、とても高いんですって。ね、だからこれを売ってそのお金で、妹さんを病院へ入れてあげてくださいな」

「いえいえ、お嬢さん、こんなにいただいちゃ。……」

「いいのよ、ね、いいからこれをもっていってちょうだい。ああ、そうそう、妹さんご病気だと、さぞお淋《さび》しいでしょう。これね、フランスから送っていただいたルミーという、あたしの一番仲よしの人形なの」

「お嬢さん」

男はポロポロと涙をこぼしながら、

「ありがとうございます。ありがとうございます。お嬢さん、このご恩はけっして忘れやしません」

天使のような千晶のやさしさに、ふとしたまよいの夢からさめはてて、うれしげに外のやみへ消えていく男の後すがたには、もう二度と悪心をおこすまいというかたい決心が見えるのだ。

「よかったわ。だれも眼をさまさなくて……」

千晶はほっとかるいため息をもらしたが、ああ、あとになって考えれば、この夜のさいなできごとこそ、千晶の身にとって、生か死かという大きな関係をもってくることになったのである。

怪射撃手

「どうだ、千晶。おまえあの軽気球にのってみないかね。弓雄《ゆみお》君、君はどうだね。それはいい気持だぜ。なにしろ東京中が、ひと目で見わたせるんだから」

ここは一週間ほどまえからひらかれた上野《うえの》の産業博覧会。みどりのアーチをくぐると、正面には天を摩するような産業塔がそびえていて、五色の万国旗が虹《にじ》のようにはためいている。おりおりドカーン、ドカーンとうちあげられる花火の音のにぎやかさ。

きょうは日曜日、おりからの好天気をさいわいに、叔父《おじ》の御子柴剛三《みこしばごうぞう》と、親戚《しんせき》にあたる弓雄といっしょに、この博覧会の見物にやってきた千晶は、ひととおり場内見物を終って、いましも、よびものの軽気球掲揚場へやってきたところだった。

まえにのべた事件から、半年ほどのちのことである。

この半年ほどのあいだに、千晶の身には、かずかずの悲しいできごとがふってきた。まず第一に、お父さんの御子柴博士がなくなったこと、そして、お父さんがなくなるとどうじに、お母さんも看病つかれとかなしみのために床にふすようになっていた。

もっとも、千晶の父の御子柴博士は、莫大《ばくだい》な財産をのこしていったので、くらしに困るようなことはなかったが、わるいことには、父がなくなると間もなく、叔父の剛三が屋敷へのりこんできた。この剛三という人は、兄の博士とはうってかわって、わかいころから身持のわるい人で、博士の生前はなるべく寄せつけないようにしていたが、博士がなくなると、屋敷へのりこんできて、病身のお母さんがなにもいわないのをさいわいに、ちかごろは、まるで自分の家のように、とかくわがままなふるまいが多かった。

その剛三がなにを思ったのか、きょう千晶や親戚の弓雄をともなって、この博覧会へやってくると、さっきからしきりに、軽気球にのるようにと千晶にすすめているのである。

「千晶や、ほら軽気球がおりてきたよ、おまえ乗るなら、わたしがキップを買ってあげよう」

と、早くも大股《おおまた》にキップ売場のほうへ行く。見上げれば軽気球はたぐり寄せる綱《ロープ》とともに、スルスルと地上へおりてくるところだった。

「さあ、千晶、キップ買ってきたよ。弓雄君、君もいっしょにのりたまえ」

「あら、おじさまはお乗りにならないの」

「ああ、わたしはもうまえに一度のったことがあるから、今日はよそう。弓雄君とふたりで乗ればいいだろう」

千晶はその時、なんとなく不安そうな顔をした。

「なにもこわいことはありゃしないよ。ねえ、弓雄君、君は乗るだろう」

「ええ、乗りましょう。千晶さん、だいじょうぶですよ。僕がついているからこわいことなんかありゃしない」

千晶より三つ年上の弓雄は、元気にそういうと、早くも軽気球のかごにかけた梯子《はしご》に足をかける。K中学の三年生で、金ボタンの制服すがた、いかにもりりしい感じのする少年だった。

千晶はなんとなく気がすすまなかったが、叔父があまり熱心にすすめるので、ついその気になって弓雄のあとから乗りこんだ。

「お嬢さんと、坊ちゃんのふたりきりですね。それじゃあげますよ」

と、気球番のじいさんがハンドルを廻《まわ》すとともに、車にまいた綱がするするとゆるんで、軽気球はゆるやかに晴れわたった空へとのぼっていく。

「やあ、すてきだ。千晶さん、見てごらん、むこうの産業塔がだんだん、地の底へめりこんでいくような気がするぜ」

「あら、ほんとうね。そして、おじさまのすがたが、あれ、あんなに小さくなっていくわ」

かごのなかから見まわせば、博覧会の建物が、しだいに下へめりこんでいくと、やがて上野から浅草《あさくさ》、そして、遠く帯のように流れている隅田《すみだ》川《がわ》までが、手にとるように見わたせるのだ。やがて、グググンと軽気球が大きくゆれたかと思うと、ピンと綱《ロープ》が張りきれそうな一直線になった。

と、この時である。

あの産業塔のてっぺんに、さっきからうずくまっていたひとりの男が、ふいにスックと立ちあがると、しばらくこの気球のなかをながめていたが、やがて、ふとその目を地上にうつした。見ると軽気球の掲揚場をとりまいた蟻《あり》のような群衆のなかに、御子柴剛三が、しきりに帽子をふっているのが、はっきりと見えた。

剛三はしばらく軽気球にむかって帽子をふっていたが、やがてなにか合図でもするように、大きく宙に、三度輪をえがいた。これを見るや、塔上の怪人は、ニヤリと気味わるい微笑をもらすと、そっと洋服の下から取り出したのは一挺のピストル。あっ、いったい、この男はなにをするつもりだろう。

男はあたりを見まわして、だれも見ていないことをたしかめると、袖《そで》でかくすようにしながらピストルをかまえる。

やがて、ドカーンと花火をうちあげる音がした。と同時に、怪人のかまえた銃口から、パッと白いけむりがあがったと思うと、そのせつな、張りきった綱《ロープ》がぷっつりと切れた。

一瞬、二瞬――

からたまらない。ググンと一ゆれ、気球がななめに大きくゆれたかと思うと、やがてフワフワと空高くまいあがっていく。

ああ、奇怪な男！　こいつはあの綱をねらっていたのだ。そして、なんというたくみな射撃手であろう。たった一発のもとに、あの細い綱をプッツリと断ちきってしまったのである。

「わっ！」

とあがるおどろきの声。

「大へんだ！　軽気球の綱が切れた！」

博覧会の会場はたちまち、上を下への大さわぎ。そのあいだに塔上の怪人は、いち早く、ピストルを洋服のポケットにかくすと、こそこそと塔をおりていって、まもなくいずこともなく、すがたを消してしまったのである。

一方こちらは千晶と弓雄のふたりである。

ググンと気球が大きく動揺したとたん、ふたりはまりのようにモンドリうって、かごのなかに投げ出されたが、しばらくして起きなおったのは弓雄だ。

「あっ、大へんだ。軽気球の綱が切れた」

「えっ、綱が切れたのですって？」

千晶はまっさおになった。外を見ると、森や町や川のながれが、右に左にはげしく動揺しながら、しだいに眼下に消えていく。

「まあ、弓雄さん、どうしましょう！」

千晶は思わず弓雄の胸にすがりつく。

「しっかりしてください。千晶さん、さわいだら、かえって危険ですよ」

軽気球はしだいに西南のほうへと流れていく。やがて家も森も川も見えなくなって、あたりはただ一面の空漠《くうばく》たる青空。千晶はあまりの心ぼそさに、思わず身ぶるいしながら、

「弓雄さん、弓雄さん、あたしたちはいったいどうなるのでしょうね」

「さあ、こうなれば運を天にまかせるよりほかにしようがありません」

「それじゃ、助かる見こみはないのね」

「いや、まだそうあきらめてしまうのは早いでしょう。そのうちに気球のガスがぬけていって、どこかへおりていくでしょう。さいわい北東風だから、海のほうへ流される心配はない。それだけはだいじょうぶです」

口では元気らしくいうものの、弓雄とて内心そのこころぼそさといったらない。

千晶は泣かなかった。すっかり覚悟をさだめたふたりは、手をにぎり合ったまま、石

のように動こうともしない。やがて半時間たった。そしてまた、一時間たった。しかし、この一時間はふたりにとっては、まるで十年もたったような気がするのだった。

「おや？」

弓雄が、ふいにむっくりと首をあげると、

「あの音は――？」

「あっ、あれはガスがもれていく音ではないでしょうか」

「あっ、そうだ」

やにわに立ちあがって、弓雄は下をのぞくと、

「ああ、見える、見える。森や畑が見えますよ。しかもだんだん近くなってくる。しめた。千晶さん、軽気球は下降しているのだ！」

「まあ、うれしい！」

千晶は手をたたいてよろこんだが、しかしふたりがよろこぶのは、まだ早かったのだ。ガスのぬけていくいきおいは、ふたりが考えたよりはるかに猛烈だった。軽気球はまるで礫《つぶて》のように、グングンと下降していく。人家のないいなかの森や畑が、もりあがるようにふたりのほうへせまってくる。そのおそろしさ！

「あっ！」

ふいにふたりは、だきあったまま顚倒《てんとう》した。さびしい武蔵野《むさしの》の空高くそびえている森のこずえに、軽気球からさがっている綱《ロープ》がからまったのだ。ググン、ググンと軽気球は

怒ったように二、三度、左右に大きく動揺したが、やがてすさまじい音をたてて爆発したかと思うと、まっさかさまに落下していったのである。

それからいったいどのくらいたったか――ここは神奈川《かながわ》県のさみしい片田舎。この田舎道を、いましもまっしぐらに走ってきた一台の自動車が、鬱蒼《うっそう》と茂っている森のそばにさしかかった時、なかにのっていた男が、ふとみょうなものを見つけた。

「おい、熊公《くまこう》、ありゃなんだね。へんなものが木の上に、ブラさがっているじゃないか」

「おやおや」

と、ハンドルをにぎっていた熊公という男もすぐ気がついたらしく、

「親方、あれは軽気球らしいですぜ」

「ふうむ、軽気球がどうして、こんなところにブラさがっているのかな。とにかく、そばへいってよく見よう」

やがて自動車は、めざす木の下までやってきてとまった。見ると、こずえのてっぺんに、ふろしきをかぶせたように、ペシャンコになった気球がかかっていて、そこからブラリとさがったかごが、地面とすれすれのところに、ユラユラとゆらめいているのだ。

自動車からおりたったところを見ると、ふたりとも、なんとなく、うさんくさいような人相をしている。

親方といわれたほうが、しばらく千晶のようすを見ていたが、やがて、ギロリと眼《め》を

ひからせると、

「おい、熊公見な。こいつはだいぶ金持の娘らしいぜ」

「そうらしいですね。親方、それじゃこいつをネタに、ひと芝居書きますかね」

「よかろう、女の子を自動車に乗っけてつれていけ」

「おっとがってんだ」

熊公がかるがると千晶のからだをはこびこむと、自動車はやがて砂ぼこりを立てて、いずこともなく走っていく。ああ、奇怪なるこの自動車、いったいこの男たちは何ものであろう。

黒手組

「おばさん、もうしわけありません。僕がそばについていながら、こんなことになって」

「いいえ、これも災難です。神さまのおぼしめしです。弓雄さんにはなにの罪もありませんのよ」

千晶の母は、病気と心労のため気も狂わんばかりであったが、それでも健気《けなげ》に、弓雄をなぐさめるようにそういった。あのおそろしいできごとがあってから二日後のこと。

弓雄はあの日、通りがかりの村びとに救われたが、その時には、すでに千晶のすがたはどこにも見あたらなかった。しんせつな村びとは、弓雄の話をきくと、総出でそのへんをさがしてくれたが、千晶のすがたは、ついに発見することができなかった。やむなく、村びとに送られた弓雄が、しょんぼりとして千晶の家へ帰ってくると、それと前後して、世にもおそろしい手紙が、千晶の母のもとにとどけられたのである。

――お母さま、わたくしはいま、黒手《くろて》組《ぐみ》の人たちにとらえられています。あの人たちはわたくしをかえしてやるかわりに、一千万円出せと申しております。お母さま、お願いです。明晩八時、だれかに一千万円もたせて、新宿《しんじゅく》駅までわたくしをむかえに来てください。もしまちがったり、警察へとどけたりすると、わたくしをころしてしまうと申しています。お母さま、わたくしをたすけてください。

千晶

ああ、何ということだ。一難のがれてまた一難。千晶は、世にもおそるべき黒手組のとりこになってしまったのだ。

そのころ、東京は黒手組のうわさにおそれおののいていた。黒手組とは、良家の子女を誘拐《ゆうかい》しては、身代金《みのしろきん》を要求する悪漢団。もし要求をきかなかったり、警察へとどけたりすると、ようしゃなく人質をころしてしまうという、兇悪《きょうあく》無残な殺人団なのだ。

千晶の母はこの手紙を読むと、気もくるわんばかりになげいたが、たとえ一千万円が二千万円であろうと、かわいい娘にはかえられない。

めいれいされるままに、叔父の剛三に一千万円持たせ、約束の時間に新宿駅へむかえにやったのだが、剛三はどういうわけか手ぶらでかえってきた。あのような手紙をよこしながら、黒手組のものは、やくそくの場所へやってこなかったというのである。さればこそ母のなげき、弓雄の心配、それはもう筆にもことばにもつくせないくらいであった。

それにしても千晶はいったいどうしたのだろう。ひょっとすると、もう黒手組のためにころされてしまったのではなかろうか。

いやいや、千晶はまだ死んではいなかった。死んではいなかったけれども、千晶は死ぬよりも、もっとおそろしい目にあっていたのである。

あの軽気球が落下したところから、一キロほどはなれたところに、無気味な洋館がある。もとここには、アメリカ人の宣教師が住んでいたのだが、その人たちが本国へ帰ってから、まるでゆうれい屋敷のように荒れはてていた。その洋館のなかにいつのころよりか、フクロウのような婆《ばあ》さんと、十二、三の顔色が青く、足の悪い少女が住んでいた。

この洋館の奥ふかく、まっくらな地下のあなぐらに、千晶はただひとりとらわれの身となっているのだ。そのあなぐらのなかには、千晶のほかに無数のネズミがいた。そして、夜となく昼となく、千晶の肩から、頭から、胸から、腰から、ネズミどもがかけずりまわる、そのおそろしさ。おまけにご飯がさしいれられると、わっとばかりにむらがりよってくる、その気味わるさ。

「ああ、お母さま、お母さま」

千晶は、もう涙も声もかれはてて、ときどきうわごとのようによぶのは母のなまえ。

こうして千晶は、夜も昼もない暗いあなぐらのなかで、恐怖と苦痛のために、半死半生の状態だった。

壁信号

コツコツ、コツコツコツ。

千晶はハッと暗がりのなかへおきなおった。どこかで壁をたたくような音。コツコツコツ、コツコツコツ、あたりをはばかるような、しのびやかなその物音。コツコツコツ、コツコツ。

壁信号。——千晶はふと、土牢《つちろう》にとじこめられた囚人どもが、たがいに壁をたたきあって信号するという、外国の小説を思い出した。

コツコツコツ——壁をたたく音は、あいかわらずきこえてくる。千晶はふいに眼をかがやかすと、コツコツコツ——とこちらからもたたいてみる。

と、——ふいに、壁をたたく音はバッタリとやんだが、しばらくすると、前よりいっそうせわしいたたきかたで、コツコツコツ。——

それに力をえた千晶が、ひっしになって、コツコツと壁をたたいていると、ふいに、

「お嬢さま、お嬢さま」

と、かすかな声がきこえてきた。弱々しい少女の声なのだ。

「だれ？　呼んでいるの、あたしのこと？」

「そうですよ、お嬢さま」

と、そのふしぎな声はあたりをはばかるように、

「お嬢さまのおなまえは？」

千晶は思わずハッとして、

「あたしの名？　あたしは御子柴千晶」

そうささやいたせつな、壁のむこうから、あっとおどろく声がきこえてきた。

「どうなすって？　あなたはいったいだれ？」

「お嬢さま」

しばらくして、またふしぎな声がきこえてきた。

「いまあなたに、お目にかけるものがあります。ちょっとまって――」

そういったかと思うと、まもなく天井にポカリとあながあいて、さっと入ってきた光線とともに、一本のなわがゆるゆるとさがってきた。見るとそのなわのさきに、なにやら白いものがブラブラとおどっている。あわててそれを手にとった千晶は、ふいに、はっと顔色をかえた。それはかわいいフランス人形だったのだ。

「あっ、ルミー」

「お嬢さま」

天井の声は、ふいに涙にうるんで、

「あたしは半年ほど前のある晩、お嬢さまの家にしのびこんだ男の妹です。お嬢さまのおかげで命がたすかりました。あたしの名は真弓《まゆみ》というのよ」

「まあ！　そして、そしてお兄さまは？」

「兄は死にました。ふとしたかぜで死にましたが、死ぬまぎわまで、あなたのことを申しつづけていましたわ。しんせつなお嬢さん、天使のようなお嬢さん――と」

真弓は声をのんで泣きだした。ああ、なんというふしぎなめぐりあいだろう。千晶がぼうぜんとして立ちすくんでいると、真弓はようやく涙をおさめ、

「あたし、一度お嬢さまにお眼にかかって、よくお礼を申しあげようと思っていたのですが、兄の死後、ずいぶんつらい目にあって……悪ものにかどわかされて、こんなところで、悪ものの手つだいをさせられているのですわ」

「真弓さん」

「お嬢さま、しっかりしていらっしゃい。いまにあたしがおすくいしますわ。あっ、だれかきた。しっ、しずかにして」

天井のあなが、そっともと通りにしめられた。と、そのとたん、コツコツと冷たい床をふむ音がきこえたかと思うと、入口のドアが開いて、ヌーッと顔を出したのは、ゾッとするようなあのフクロウ婆《ばばあ》。

「おまえ、だれかと話をしていたのじゃないかね。いま、しっ、という声がきこえたようだが」

「あれは、あたしがネズミをおっていたのよ」

「ふふふふ、そうかい。どうじゃ、ネズミがたくさんいて、にぎやかでいいじゃろう、ふふふふ」

バターンとドアがしまった。それから、コッコッという足音は、しだいに遠くなっていく。

「お嬢さま、さ、いまのうちよ。早くはやく」

フクロウ婆の足音が遠のくと同時に、またもや天井の口がポッカリとひらいて、そこからパラリとおちてきたのは縄《なわ》ばしご。千晶は必死となって、その縄ばしごをのぼった。

「ありがとう、真弓さん。あたし、このご恩を一生忘れませんわ」

そういいながら、真弓の手をとろうとして、千晶は思わずはっとした。ああ、なんという気の毒な少女だろう。栄養の悪いあおい顔、眼ばかりギロギロとひかっていて、しかもところどころ、いたいたしいみみずばれのきず。おまけに真弓は松葉杖《まつばづえ》をついているのだ。

「さあ、お嬢さま、ぐずぐずしていちゃいけませんわ。あたしの後からついていらっしゃい」

真弓はくるりとうしろをふりむくと、ピョンピョンと松葉杖をつきながら、とぶように歩いて行く。千晶はだまってそのあとからついて行く。
長いながい、まがりくねったうすぐらいろうかを歩いていったが、とある
しばらくふたりは、息をこらして、しのび足にそのろうかを歩いていったが、とある
まがり角まできたとき、ふいにふたりは、ドキリとしたようにたちどまった。
「しっ、だれかきた。だまって！」
ふたりはペタリとコウモリのように、うす暗い壁にへばりつく。足音はしだいしだい
にこちらへ近づいてくる。と、この時、ふいにむこうのドアがパッと開いたかと思うと、
バラバラとおどり出したのは、御子柴剛三をはじめとして、兇悪無残な黒手組の悪もの
たち。
「やあ、あの娘、千晶のやつを救いだしたぞ」
「いけない！　お嬢さん、こちらへ！」
真弓はさっと身をひるがえすと、そばにあった階段をいちもくさんにのぼっていく。
「ちくしょう、うぬ、待て！　待たぬか！」
口々にわめきながら、追っかけてくる悪党どものおそろしさ。階段をのぼると二階の
ろうか。そのろうかのはしに、せまいドアがあったが、そのなかにとびこむと、真弓は
すばやく、中からピンと錠をおろした。
「さあ、こちらへいらっしゃい」
見るとそこにはさらにせまい階段がついている。その階段をのぼりきると、高い鐘楼

になっていた。窓から流れこんだ月光が、古びたつり鐘をななめにてらしていた。おりから下のほうでは、ドンドンとドアを乱打する音。

「まあ、いったいどうしたの。おじさまがああして救いにきてくだすったのに」

真弓は千晶のことばに耳もかさず、手早く窓から縄ばしごをおろしながら、

「あなたはなにもごぞんじないのです。あなたのおじさまは、世にもおそろしい悪人です。あの人が、今夜きたのは、あなたを救うためではなくて、あなたを殺すためですよ」

「えッ、なんですって？」

「あたし、フクロウ婆さんからなにもかも聞きました。あの軽気球の綱を切ったのも、みんなあの人のしわざなんですよ」

「まあ！」

「おじさんはあなたを殺して、財産を横領しようとしているのよ。ところがあてがはずれて、あなたはあの災難からのがれることができたけれど、こんどはまた黒手組につかまった。黒手組はあなたの身分がわかると、一千万円出せと脅迫状を送ったでしょう。なにもごぞんじないあなたのお母さまは、その一千万円をおじさんにことづけたのです。ところがおじさんは、黒手組の使いのものにあうと、あなたを返してもらうより、いっそ、人知れず殺してくれたら、二千万円出そうと申し出たのだそうです。そして今夜、あなたの殺されるのを、自分の眼で見とどけようとしてああしてやってきたのですよ」

聞けば聞くほど、おそろしいおじのたくらみ。千晶はもう生きた心地とてもなかった。

「まあ、あたしどうしましょう。どうしましょう」

「なにも心配なさることはありません。さあ、縄ばしごがかかりましたわ。あなたはこれをつたっておりてくださいな。あとはあたしに考えがあります」

千晶は窓からのぞいてみて、思わずブルルと身ぶるいをする、ああ、どうしてここからおりられよう。そこは地上から数十メートルもあるのだ。

「さあ、早く！　あっ、ドアがやぶれました」

千晶は、押し出されるようにその窓からはい出して行く。と、その時、メリメリと音がして、ドッと階段の下になだれこんできた悪党のむれ。

真弓はそれと見るや、

「お嬢さま」

と呼んでみた。

「真弓さーん」

はるか下のほうから千晶の声が聞えてきた。

「あたしは、ここで悪ものたちを、どこまでもふせいでやります。お嬢さま、おたっしゃで」

「真弓さん、真弓さーん」

「さようなら、お嬢さま。あたしは……あたしは兄のところへまいります。そしてご恩返しをしたことを、兄にはなしにまいります。さようなら、お嬢さん」

真弓は声をかぎりにさけんでいた。

だが神は真弓のま心をお見すてにはならなかった。千晶の急報によって、たちまち鐘楼をとりかこんだ警官たちによって、悪ものどもは一網打尽に捕縛されてしまった。その時、真弓ははりつめていた気がゆるんだのか、がっくりとうちふしていたが、その顔には、自分のいのちがけのつとめをはたすことのできた、幸福なほほえみがうかんでいたという。

バラの呪い

あやしい人声

部屋へかえってきたとき、鏡子《きょうこ》はすっかりくたびれていた。テニスの猛れんしゅうでながした汗を、ろくろくあらわないうちに、舎監《しゃかん》先生によばれたりしたものだから、ねばりっこい汗が、まだどこかにのこっているようで、気持がわるかった。

「どなたかお風呂《ふろ》へいらっしゃらない？　あたしさっきいちど入ったんだけど、なんだかまだ気持が悪くて……」

部屋へはいってくると、鏡子は、いきなり同室のだれかれにそう声をかけた。

「ええ、でもあたしたち、いま入ってきたばかりのところなのよ。それより鏡子さん、先生からなにかお話があって？」

三年の早苗《さなえ》という少女が、机の前からふりむいてそうたずねた。

「いいえ、べつに……。そう心配するほどのことはないのよ。じゃあたし、ちょっといってくるわ」

鏡子は、手ぬぐいと石鹸《せっけん》をとりだすと、うすぐらい廊下へでた。まだ五時にもならないのに、十一月の陽足《ひあし》はみじかかった。

寄宿舎の廊下は、はやネズミ色にけむって、ところどころに、いまついたばかりの電燈が、ぎぼしのようにぼんやり光っている。

「榊《さかき》さん、どちらへ？」

「ちょっとお湯へはいってこようと思うの」

「あら、だめよ。もうすっかりつめたくなっているわ。お風邪《かぜ》をめしちゃいけませんよ」

ごはんまえの寄宿舎はにぎやかだ。

榊鏡子が通るのを見つけると、どの部屋からも、快活な少女の声がかかった。

「ええ、ありがとう。だいじょうぶよ」

鏡子は、もちまえのうつくしい頰《ほお》に、こぼれるような愛きょうを見せながら、そのひとりひとりにあいさつをして通った。

この学校に、だれがつくったのか、こんな歌がある。

S学校の誇りといえば
妙子《たえこ》の君に鏡子さま
いずれおとらぬバラとユリ

しかし、バラにたとえられた、妙子という少女は、今年の春に亡くなった。以来S学校の誇りといえば、榊鏡子ひとりになったわけである。

鏡子は、もう三年になった。

彼女のうつくしさは、少女の美そのものであるかのように輝いていた。いつもうるおいがちな黒曜石《こくようせき》のような瞳《ひとみ》、長いふさふさとしたまつ毛、たえぬ微笑を、つつましやかにかくしている赤い唇《くちびる》、それらは、全校の少女のあこがれの的となっていた。しかし、鏡子の均整のとれたからだに、いちどラケットがにぎられたとき、この近県の学校じゅうでそれにたちむかえるものは、ひとりもなかった。

「鏡子さんとおなじ室に、起きふしできたら……」

それは嫉妬《しっと》と反感のうずまいている少女間での、ただひとつの正直な願いごとだった。

お風呂は、なるほどなかば冷えていた。

でも、運動につかれた鏡子には、それがなによりのごちそうにおもえた。かるく汗をながして、みだれた髪をときあげると、鏡子はぬれた手ぬぐいをもって、風呂場をでた。

おそかったので、そのへんには、ひとりもすがたが見えなかった。たぶん食事がはじまったのだろう。さっきまでのにぎやかさはどこへやら、水底《みなそこ》のような沈黙が、大きな建物いっぱいにひろがっている。

日はもうすっかり暮れてしまった。濃いむらさき色の暗闇《くらやみ》が、鏡子の前後左右から、おしよせてくる。

こういう大きな建物の、こういう瞬間は、いちばんもの淋《さび》しいものだ。

せまい階段をあがるとき、鏡子はふと、さっきの舎監先生のことばを思いだして、おもわず、しなやかな肩をすぼめた。

「榊さん」

と、先生は鏡子ひとりを前にして言った。

「このごろ、この寄宿舎で、ときどきへんなうわさをきくのですがね」

「へんなうわさって？」

鏡子は、きよらかな瞳をあげて、先生の顔を見つめた。

寄宿舎の不しまつは、舎監先生の責任であると同時に、鏡子の責任でもあった。鏡子はまた、いたずらな下級生たちの不しまつが、先生の耳に入ったのではないかと思って、早くも、そのやさしい心をいためた。

「なにも、そんなに心配するほどのことでもないのです。むしろ、ばかばかしいような話で……」

先生も、さすがにいいにくいと見えて、ちょっとことばをにごしたあと、

「たぶん、臆病《おくびょう》な生徒たちの思いちがいだろうと思いますが、この寄宿舎に、幽霊が出るというのです」

「まあ」

鏡子は、あまり思いがけないことばに、おもわず目を見はったが、すぐそのつぎの瞬間には、あまりのおかしさに、おもわず微笑をもらした。

すると先生も、それにつりこまれて笑いながら、

「もちろん、枯尾花《かれおばな》を見て、幽霊と早合点のたぐいにちがいありませんが、なにしろ、臆病な人たちのあつまりですから、あなたも、せいぜい気をつけて、そんなうわさがあったら、できるだけ打消してください」

舎監先生の話というのは、ただ、それだけのことであった。

鏡子は、いま、ふとその話を思いだすと同時に、なにかしら、つめたいものを襟《えり》あしから投げこまれたように、おもわず前をかきあわせた。

さっきはむしろ笑いだしたくらい、こっけいに思えた話が、いまではひしひしと身内にせまってきて、しぜんに足が早くなってくる。

「ばかな！ さっき先生の前では、あんなにりっぱな口をききながら、自分から臆病風に吹かれるなんて、あたしもずいぶんおばかさんね」

鏡子は、自分をたしなめるように、心のなかでそうつぶやいた。しかし、いかに気丈とはいえまだ十五の少女にとっては、おそろしいうわさは、やはりおそろしく、気味の悪いものは、やはり気味が悪かった。

そのときである。

鏡子は、突然立ちどまった。鏡子の足はきゅうにナマリの棒のように重くなった。

ゴクッと内へひいた息をはきだすまでもなく、心臓がふうせんのようにふくれあがって、息苦しくのどへひっかかった。

「どなた……？」

鏡子は、精いっぱいの力をふりしぼって、何者ともわからぬ、目に見えぬ相手にそう声をかけた。

答えはない。水アメのように、とろりとよどんだ暗闇が、あたりいっぱいにはびこっているばかり……。

「どなた……」

鏡子は、もういちどそう声をかけておいて、さっき、人の声がしたと思われる、右手のほうの部屋へ、そっとちかよっていった。あいかわらず答えはない。

ふと気がつくと、その部屋というのは、あの事件以来とざされて、いまでは、だれもはいるもののない、無人であるべきはずの部屋であった。

そう気がつくと、鏡子はもういちど、ゴクンと唾《つば》をのみこんだ。

あの事件……そうだ、あの悲惨なできごと……。鏡子は、今まざまざとそれを思いだした。

と、そのとたん、ふたたびあやしい人声が、かすかに鏡子の耳たぶをうった。

「バラが……ああ、赤いバラが……おそろしい！　おそろしい！　そのバラの花が……」

それは瀕死《ひんし》の人の声であった。あやしくみだれ、ふるえ、きれぎれに、黄泉《よみ》の国からわきおこる声のように、恨みっぽく、なげかわしくつづいた。

「バラ……バラの花……あたしの命をとる、おそろしいバラの花……」

それにつづいて、すすり泣くような声がしばらくつづいた。

「ああ、妙子さんの声だ！」

そう気がつくと、鏡子は、ふしぎにも今までの恐怖は、すっかりうち忘れてしまった。彼女はわれにもあらず、ドアのハンドルに手をかけた。とざされてあるべきはずのドアは、ふしぎにも、なんの手ごたえもなくあいた。

しかし、部屋のなかには、鏡子の期待に反して、何者のすがたも見えなかった。開放された窓から、いつのまに出たのか、黄色い月がさしこんでいるばかりである。鏡子は勇を鼓して、その窓のそばへよって外をのぞいた。そこにもしかし、コスモスの花が露にぬれて、さやさやとゆらめいているばかりであった。

花束の謎

鏡子はしかし、そのことを、だれにも話さなかった。同室の生徒はもとより、舎監先生にすらそのことをうちあけようとはしなかった。

亡くなった妙子——それは鏡子とともに、S学校の誇りとまでうたわれたうつくしい人で、しかも鏡子にとっては、この世にふたりとない、したしい友だちでもあった。

思えば今年の春、ちょうどさくらの花びらが、校庭にふりしきるころ、あの寄宿舎の一室で、妙子は狂おしい死を遂げた。病気とはいえ、それは世にもみじめな最期《さいご》であった。

鏡子にもおとらぬうつくしいあでやかなその容貌《ようぼう》が、たった一夜のうちにみにくく崩れ、これまでの面影はどこへやら、高熱のうちに狂おしくうわ言をつづけながら、醜怪な亡骸《なきがら》を、そこにさらしたのであった。

「丹毒《たんどく》」という医師の診断に、学校では伝染をおそれて、だれも妙子にちかづくことをゆるさなかった。ただひとり鏡子だけが、その禁をおかして、さいごまで、妙子のそばをはなれなかった。

「バラが……ああ、おそろしいバラが……」

なぜか妙子は、生前あれほど愛していたバラの花を、おそれ、呪いつづけながら最後の息をひきとったのであった。

妙子さんの思いが、まだのこっているのだわ。おかわいそうに、でも、むりはないわ。あんなうつくしい人が、あんなにみじめな死にかたをなすったんですもの。

「鏡子さん、どうかなさったのじゃないの。なんだか、顔の色がすぐれないようよ」

「そう、ありがとう。べつになんでもないんだけど」

「お風邪でもめしたのじゃない？　きょうは、テニスの練習はおよしになったほうがよくない」

おなじクラスの人たちに、そんな注意をうけた鏡子は、正直にそれをうけいれて、その翌日はいつもより早く、部屋へかえってきた。

部屋には、この秋から転校してきた、一年の鈴代《すずよ》という少女をのぞいたほかは、だれもいなかった。

鈴代は、所在なげに、編物針をうごかしていたが、鏡子の顔を見るとびっくりした。

「まあ、鏡子さん、顔の色がまっさおだわ。どうかなさったの？」

「いいえ、たいしたことはないのよ。ちょっと風邪でもひいたのだろうと思うわ」

「いけませんわねえ。まるで幽霊にでもつかれた人のようよ」

鈴代のなにげないことばに、鏡子は、ギクリとしたように、相手の顔を見た。しかし、鈴代はそんなことには気がつかぬらしく、むこうをむいて編物をかたづけていた。

「お床をとりましょうか。横になっていらしったほうがよくはありません？」

「ありがとう。でも、そんなにしなくってもだいじょうぶよ」

「そう……じゃ……」

鈴代はまた、編物を手にとろうとしたが、ふと思いだしたように、

「そうそう、鏡子さん、あなたのところへ小包みがまいっていますよ」

「小包み？」

「ええ」

鈴代は、立って押入れのなかから、ボール紙の箱をとりだしてわたした。見ると、おもてには「榊鏡子さま」とだけ書いてあるだけで、差出人の名まえはどこにもなかった。

「おや、どなたからかしら？」

鏡子は不審そうに、十文字にからげたひもを切って、ふたをあけた。

「まあ、きれいなバラだこと……」

鏡子といっしょに、なかをのぞいていた鈴代が、おもわずそう声をあげた。

それは、いかにもみごとなバラの花束であった。

あでやかな花びらの下からにおう高い香気が、いっせいにふたりの鼻をうった。

「へんだわ。どなたが送ってくださったのかしら」

鏡子は不審そうに首をかしげた。自分にバラを贈ってくれそうな人は、どう考えても、思いあたるところがなかった。

そのうち、花束のなかから一枚の名刺のようなものが、パラリと畳の上におちた。鏡子はなにげなくそれを手にとったが、その瞬間、鏡子の頰《ほお》の色がさっとかわった。

それは名刺ではなかった。

そこにはこんなことが書いてある。

「復讐《ふくしゅう》は汝《なんじ》のうえにあるべし……」

鏡子はあわてて、それを手でおさえながら、鈴代のほうを見たが、一瞬間、鈴代の目が、夏の稲妻のようにするどく走ったのを見た。

×　　　×

寄宿舎にでるという、幽霊のうわさは、打消せばうちけすほど、だんだんひろがってきた。鏡子も思いきって、それを否定することができなかった。

このあいだの晩、浴室からのかえりがけ、鏡子自身耳にした、あのおそろしいつぶやきは、いまだに鏡子の耳のそこに、こびりついていてはなれない。

そんなばかなことが……と否定するそこから、いやいやとうたがう心がわきおこってくる。

だれかのいたずらだろうと思ってみても、さて、だれが、なんのために……と考えてくると、いまどき、そんなばかげたいたずらをするものがあろうとは思えない。それに、あのときき いた声は、たしかに亡くなった妙子の声と、そっくりだったではないか。

「ええ、あたしもきいたわ。妙子さんの声と、そっくりだったわ」

「バラが……バラが……という声でしょう」

「いやよ。そんなまねしちゃ、気味が悪い」

そんなうわさが、全校にひろがってゆくころ、しかし、一方では、それとは関係なしに、この学校の年中行事のひとつである、秋期テニス大会がちかづきつつあった。

鏡子は長いあいだ、ダブルスの選手として、名誉ある第一位をしめていたが、この春、もっともよきパートナーである妙子をうしなったので、こんどはいやが応でも、シングルにでなければならなかった。

もっとも、鏡子の正確なストロークと、もうれつなサーブをもってすれば、シングルでも、勝つ自信はあったが、それにしても、思いだされるのは、妙子のことであった。

もういちど、ふたりしてコートに立ってみたい……それは、いってもむりなこととわかっていながらも、大会の日がちかづいてくるにしたがって、ともすれば鏡子には、亡き友の面影が、しみじみと思いだされるのだった。

「榊さん、ちょっと」

鏡子が、ラケットをふるって猛練習に余念のないときであった。むこうのほうからひとりの生徒が声をかけた。

「なあに」

鏡子は、おりから飛んできた球《たま》を、かるく打ちかえしておいて、そのほうへふりむいた。

「舎監先生がおよびよ。すぐいらしてくださいって……」

「あ、そう、ありがとう」

鏡子は、ラケットをおくと、みんなにちょっとあいさつをして、舎監部屋のほうへ、いそぎ足でかけていった。

「先生、なにかご用ですか」

ドアをひらくと、そこには先生がひとりで、なにか思案顔に、ぼんやりとしていたが、鏡子がそう声をかけると、ふとこちらをむいて、

「あ、いらっしゃい。あとをよくしめといてくださいな。あまり人にきかれたくないお話ですから……」

そういう先生のようすや、ことばつきから、鏡子はまた、何かよくないことが、おこったのにちがいないと思って、だまって先生の顔を見あげたまま、つぎのことばをまっていた。

「榊さん、あなたのところへだれからか、バラの花束をおくってきやしませんでしたか?」

「え?」

鏡子は、ドキッとして、先生の顔を見あげた。

「おくってきたでしょう。じつはそのことについて、お話があるのですがね」

そこで先生はことばを切ると、机のひきだしから、一枚の紙きれをとりだして、だまって、それを鏡子にわたした。

鏡子はなにげなくそれをうけとって見たが、あやうく叫びだすところであった。

そこには、鏡子にも見おぼえのあるおなじ筆蹟で、

「復讐は汝のうえにあるべし」

とただ一言。

その文句までもおなじである。

「先生、これは……」

と、鏡子がなにかいおうとするのを、先生はとちゅうでさえぎって、

「じつはね、あなたのほかにも、おなじようなバラの花束をおくられた人が、二、三人

あるのです。こういうあたしも、そのひとりなんですよ」

「まあ、先生！」

鏡子はおどろいて、先生の顔を見なおした。

「復讐は汝のうえにあるべし……榊さん、あなたこのことばについて、なにか思いあたることはありませんか」

「いいえ、ちょっとも。あたしもわけがわからないので、おどろいてしまいましたわ」

「そうですか。ところでけさほどね、あたしはまた、こんな手紙をうけとったのですがね」

そういって先生は、さらに一通の手紙をとりだした。

見ると、そこにはこんなことが書いてある。

いよいよ秋のテニス大会も近づきました。あなたは、この春のテニス大会のあとにおこった、あの悲惨なできごとをおもいだしはしないでしょうか。

復讐はおなじテニス大会ののちに、かならずおこなわれるものとごしょうちください。

「さいしょあたしにも、なんのことだか、さっぱりわかりませんでした。しかし、さっきふと思いついたのですがね。榊さん、この事件と、このごろおこる寄宿舎の幽霊事件ね。これはたしかに、おなじ事件なんですよ」

そのことばに、鏡子はおもわず、水のようにつめたいものを背すじに感じた。なにかしら、わけのわからない、あやしいものが、灰色の雲となって、鏡子のまわりをとりまいているような気がする。自分の知らないまに、おそろしい悪魔が、銀色のトゲトゲした爪《つめ》を、みがいているのではなかろうか。

「つまりね、あたしの考えるのに……」

と、先生はさらにことばをついで、

「この春のテニス大会のあとにおこった、悲惨なできごとといえば、とりもなおさず、あの妙子さんの死んだことでしょう。そこであなたにおたずねしなければならないのですが、あのときはあなたと、妙子さんの組が優勝して、だれか妙子さんのところへ、バラの花束をおくった人がありましたね。あなた、そのおくり主について、ごぞんじありませんか」

鏡子は、ちょっと首をかしげて考えてみた。

なるほど、この春の大会のとき、ふたりが光栄にかがやく優勝旗を手にしたとき、だれか主のわからない花束が、妙子のもとにおくられた。そして、その夜から、あのおそろしい病気が妙子をおそったのだ。しかし、それとこれと、どんな関係があるのだろうか。

そこまで考えてきたとき、鏡子は、ハッとおもわず息をのみこんだ。

そうだ。臨終における、妙子のあの苦しいうわ言――そしてそのなかから、ふと耳にしたことば――

「………」

鏡子がおもわずせきこんで何かいおうとした刹那《せつな》、先生はふいにだまって立ちあがった。そして、鏡子になにか目であいずをすると、しずかにドアのそばへ歩みよった。

しかし、その手がハンドルにかかるまえに、それと感づいたものか、ドアの外を、バタバタとむこうへかけてゆく足音がきこえた。

「だれか立ちぎきをしていた人があります。ここできくのは危険です。いずれのちほどうけたまわりましょう」

先生は、何かふかい思案にとらわれながら、そうつぶやいた。

秘密を誓う

寄宿舎の幽霊――妙子の死――ふしぎな花束――おそろしい呪《のろ》い――

そういうふうに考えてくると、その夜、鏡子は、まんじりともすることができなかった。

鏡子の耳には、さっき、舎監先生の言ったことばが、しつこくこびりついていて、はなれない。

妙子さんにバラをおくった人……ああ、それはなんという、おそろしいことであろうか。鏡子は、ふと妙子の臨終のうわ言のなかに、その人の名をきいたのだ。けれど、しかし、どうしてそれが人にいえようか。あのときはなにげなくきいていたことばだけれど、いまになってみれば、はっきりとわかってくる。妙子さんが、あんなにバラを呪いつづけて、亡くなった理由も、ようやくわかってきた。

しかし、しかし、どうしてそれが人にもらされよう。あのバラの花束に、なにかしかけがしてあって、それがついに妙子さんの命をうばったのであったとしても、そのおくり主の名を、どうして人の前でいうことができるだろうか。それはむしろ、妙子さんがゆるさないだろう。妙子さん自身それをだれにも知られずに、墓場のなかまでもってゆきたかっただろう。

「妙子さん、かわいそうな妙子さん。あたしは今まで、ちょっとも知りませんでした。しかし、あなたなればこそ、だれにもいわずに、甘んじて死んでいかれたのです。その人を恨んではだめよ。あたしもきっときっと、生涯《しょうがい》その人の名を、口にしないことを誓います」

鏡子のくくり枕のレースのふちは、あわれな妙子のために、じとじとにぬれてきた。

夜はもうすっかりふけわたって、広い宿舎のなかは、水底のように、つめたくしずかである。

だれかしめわすれたものか、たったひとつあいている窓からは、ブドウ色の外気がさやさやとながれこんで、空気が氷のようにひかってつめたい。

同室生五人、鏡子のほかの生徒たちは、みんな昼のつかれからか、スヤスヤと健康な眠りにおちいっている。だれかが寝がえりをうった。そしてむちゅうで夜着の襟《えり》をかきあわせている。

寒いのだ。窓をしめなければ……。

鏡子は立ちあがって窓のそばによった。

そのとき、鏡子はふと、ひとつの寝床がからになっているのに気がついたのである。

紫紺色の地に、黄みどりで、ナシの葉をちらした掛ぶとん、からになっている寝床の主は、たしかにこのあいだ転校してきた、一年の鈴代にちがいない。

「おや？」

というように、鏡子はあたりを見まわした。

いつのまに出ていったのかしら。たしかに、部屋のなかにはすがたがみえない。お便所かしら。そう思ってしばらく鏡子はまっていたが、なかなかかえってくるようすは見えぬ。

鏡子はふと、あやしい胸さわぎをおぼえてきた。

廊下のほうのドアをおすと、苦もなく、スーッとあく。

外をのぞくと、金柑色《きんかんいろ》のほのぐらい電球が、ぽっつりと天井にまたたいているばかりで、そのむこうのほうは、うば玉の闇《やみ》のなかに、とけあっている。

あいかわらず、鈴代のすがたも見えねば、足音もきこえない。

鏡子は廊下へでると、そっとうしろのドアを、音のしないようにしめた。鏡子の足のむかうところは、あのおそろしい部屋、しかし、鏡子にとっては、もっともなつかしい部屋である。

一歩一歩足音をしのばせつつ、その部屋にちかづくにしたがって、鏡子の胸は、おもわず潮騒《しおさい》のようにざわめきたってきた。

すすり泣くような声。

そして、なにかかきくどくような声。

それはたしかに、妙子の部屋からであった。いまこそ、寄宿舎の幽霊の正体を、見きわめることができるのだ。

鏡子は、わななく足をふみしめ、ふみしめ、その部屋の前までやってきた。そっとドアによりそうと、やっぱりそうだ。まぎれもなく鈴代の声にちがいない。なにか口のなかで、つぶやいてはすすり泣いているのがもれてくる。

鏡子は、おもわずつばをのみこむと、しっかりと、ドアのハンドルに手をかけた。と、そのとたん、こんなことばが、鏡子の耳をうった。

「ええ、ええ、あたしもっと、みごとに仕おわせて見せます。あなたのかたきは、かならず討ってみせます。もうしばらく、ほんとうにもうしばらくです。……ああ、ああ、しかし、あたしにはわからない。だれがあなたのかたきなのか、あたしにはそれがまだわからないのです」

それにつづいてまたもや、くやしそうにすすり泣く声がきこえた。

それだけきけば、もうじゅうぶんである。鏡子はガチャリとハンドルをならした。

そして、そのつぎの瞬間には、幽霊のように、顔あおざめた鈴代と、たがいに目と目とを見あわせていた。

「あなた……あなたはいったい、ここでなにをしているのです」

鏡子の声はのどにからまって、おもわずみだれた。鈴代は思いがけない侵入者に、しばらく口もきけないほど、転倒しているらしかったが、相手のことばとともに、かくしきれない悩ましさを、その目のなかに見せた。

「あたし……」

と、鈴代は、口のなかでそれだけいったが、突然面をぐいとあげると、真正面から、鏡子の顔をみつめて、

「榊さん、どうぞ、あたしにおしえてくださいませ。毒の花束をおくった人はだれなのです。あたしにそれだけおしえてください」

鏡子は、ハッと顔色をかえた。鏡子はおもわずヨロヨロとよろめいた。

「あなたは……あなたは……」

と、鏡子がなにかいおうとするのを、鈴代はおしかぶせるように、早口に叫んだ。

「あたしは、妙子の妹です。あたしは、姉のかたきを討たなければならない。あたしは、さいしょあなたを疑っていました。鏡子さん、ほんとうのことをおしえてください。あ

なた、あなたですか！」

「ああ！」

鏡子はおもわず卒倒しそうになって、こめかみをしっかりとおさえた。

「妹ですって？　妙子さんの妹ですって？」

しばらく、じっと相手のようすを見ていた鈴代は、なにを思ったのか、突然ドアのほうへかけよった。そして、そこでくるりとふりかえると、敵意と反感のいっぱいにみなぎった目で、鏡子のほうをキッと見るとこうさけんだのである。

「わかった、わかった。やっぱりあなただった。あなたのそのおどろき、おそれ、やっぱりあなたが、姉のかたきだったのですわ」

それだけいうと、鈴代は、うしろも見ずに、廊下のかなたへとかけていった。

鏡子は、その後を追いかけようとして、おもわず、ヨロヨロとそこによろめいたが、そのときふと鈴代ののこしていった、ちいさな位牌《いはい》が目についた。

鏡子は、おもわずそれをだきしめた。

「妙子さん、だいじょうぶよ。あたし、けっしていわないわ。鈴代さんに、どんなにうらまれても、あたし、けっして、けっしていわないからだいじょうぶよ」

そういう鏡子の目からは、とめどもなく涙があふれた。

妙子に毒の花束をおくった人！

鏡子はそれを知っているのだ。

知っていて、しかし彼女にはいえない。

ああ、ああ、わけても鈴代には、どうしてそれがいえようか。

ふしぎな訪問者

いよいよ秋のテニス大会が、まぢかにせまってくるにつれて、鏡子の胸は、あやしくおびえはじめた。

なにかしら、よくないことが、自分の身のまわりにせまってくるのが、ひしひしと感じられて、このごろでは鏡子はすっかり日ごろの勇気をうしなっていた。

「榊さん、あなたどうかなすったんじゃなくって？」

鏡子の練習ぶりが、日ごろとはちがっているのを、早くも見てとった友だちが、やさしくそうたずねてくれるのであったが、鏡子はいつも、

「いいえ、べつに……」

と、さびしく微笑しながら、ただかんたんに、そう答えるだけだった。

そういうとき、鏡子はどこかしらに、鈴代のゆがんだまなざしがあるように思えて、おもわずあたりを見まわしたりするのだった。

おそろしい鈴代の呪い……。

それは鏡子にとっては、どうすることもできないのであった。友だちにも、先生にも、

うちあけることのできない、かなしい事実だった。

自分にたいする鈴代の呪いの、故ないことはわかっていても、さてそれを弁明しようとすれば、いきおい、妙子が墓までもっていったあのおそろしい秘密を、口にしなければならぬ。

それが、どんなにおそろしいことであるか……話す自分よりも、むしろきく鈴代にとって、よりかなしい、よりおそろしい、秘密でなければならない。

はじめてすべてを知ったときの、鈴代のおどろき……絶望を想像すれば、鏡子には、とうていそれを口にだす勇気はもてなかった。

「榊さん、あなたにご面会の人がいらしってよ」

大会の前日であった。

いよいよ最後の猛練習に、日の暮れるのもわすれていたとき、ひとりの友だちがそういって、コートのむこうから呼びかけた。

「お客さま？」

「ええ、ご婦人のかたです。職員室のところでお待ちしていらっしゃいます」

「そう、ありがとう」

鏡子はラケットをおくと、しずかに汗をぬぐった。

「このままでいいかしら？」

「いいでしょう。早くいってらっしゃい」

鏡子は、うすくかげりはじめた校庭をぬけて、職員室のほうへいった。

「榊さん、あの、榊さんではありませんか？」

ポプラのおいしげったあたりまでくると、鏡子はふいに背後からそう呼びかけられて、ドキリとしたように足をとめると、のぞくように、薄暗いポプラの下をながめた。

「いま、お目にかかりたいとお願いしたものでございます。あちらでは人目がありますので、わざと、ここまできて、お待ちしていました」

「はあ？」

鏡子は、そうあいまいな答えをすると、二、三歩そのほうへよって、相手の顔をながめた。
三十七、八のうつくしい奥さまふうの婦人だった。物をいうたびに、細い金歯がくらがりのなかにひかる。
それにしても、なぜこんな薄暗いところで、待っていたりするのだろうか。

鏡子にはわからなかった。

「あの、わたくし、名前をいうのはちょっとはばかるのですけれど、あなたのことは、前々よりよくぞんじています。きょうはじつは、たいへんおかしなお願いにまいったのですけれど……」

「はあ？」

鏡子はもういちど、前とおなじような返事をすると、首をかしげて相手の顔をのぞきこんだ。

「あしたは、いよいよテニス大会でございましたわね」

「はあ、さようで……？」

「それについて、お願いがあるのですが……」

と婦人はちょっといいしぶって、

「あなたは、やはりご出場になるおつもりなんでしょうか？」

「ええ」

鏡子は、相手がなにをいいだそうとするのか、計りかねて、あまりはっきりした返事をすることがはばかられた。

「じつは、まことにへんなお願いなんですけど、それをこんどだけは、お見あわせしていただきたいと思いまして……」

「え？　見あわす？　あの、あたしがですか」

「はい」

婦人はうつむいて、ちょっと唇をかんだ。

「とおっしゃるのは？　あの……なにか意味でもございますんでしょうか」

「それは申しあげかねます。ですけど……」

と婦人はよどみがちに、

「あたくし、たいへん、あなたのことを心配しているものでございます。ですからどうぞ……」

「すると、あたしが出れば、なにかあたしに危険なことでもあるとおっしゃるのですか」

「はい」

婦人はそういって、じっと鏡子の目をのぞきこんだ。

その顔には、ことばではいいつくしがたいほどの、ふかい悩みと、かなしみとがみなぎっているのであった。

「ではあの、あなたはもしや……」

鏡子はおもわずせきこんで、そうたずねようとしたが、そのことばは、とちゅうで口のなかにきえてしまった。

婦人があやうく倒れそうになったからである。

解けた呪い

大会の日がやってきた。

校庭には、いっぱいにうつくしい幕などが張りめぐらされて、空には色とりどりの万国旗が風にひらめいていた。

若い張りきった選手たちは、朝から上気した頬をかがやかせながら、小鳥のように、校庭のなかを飛びまわっていた。

やがて若い選手たちから、ゲームの幕は切っておとされる。

こころよいラケットの音が、よく晴れた空にひびいて、ファイン・プレーを演ずるたびにおこる拍手の音が、校庭のポプラの梢《こずえ》をゆすぶっていた。

この大会には、近県のほとんどの学校から、参加選手をだしているので、それらの応援のために、うつくしい父兄たちも、たくさん見物のなかにまじっていた。

そういうなかで、晴れの試合を演ずるのであるから、どの選手の胸にも、若い功名心のたぎっているのは、いうまでもなかった。

それにしても、きょうのスター榊鏡子は、いったいどうしたのだろう。鏡子の顔は、早朝よりあおざめたまま、ゲームが進んでいくにつれても、すこしも昂奮《こうふん》の色は見せなかった。

なにかしら物思わしげに、なにかしらなやましげに、したしい友だちがことばをかけても、ろくろくそれに返事をしようともせず、あたかも放心しているようにさえ見えた。

「榊さん、ほんとうにどうしたの？　どこか悪いんじゃない？」

「いいえ、ありがとう」

「しっかりしてちょうだいな。あなたが、そんなふうだと、あたしたちまで心ぼそくなってくるわ。あのトロフィーのためにも、ぜひぜひ奮闘してちょうだいな」

「ええ、それはよくわかっているんですけど……」

鏡子は、ことばすくなにこう答えるだけだった。

そういううちにも、ゲームはどんどんすすんでいった。そしてついに鏡子の番がやってきた。

鏡子のきょうの相手というのは、おなじ町のY中学校の主将だった。Y中学校というのは、ことごとに鏡子の学校と競争の立場にたっていた。わけてもこのテニスの主将は、鏡子のもっともいい好敵手だった。

春の大会には、鏡子は妙子とくんで、相手をやぶっている。したがってこの秋には、ことに鏡子のいままであまりなれていない、シングルであるから、ぜひやぶらなければならないという闘志が、相手の選手にはじゅうぶんうかがわれた。

ゲームは、まず相手方のサーブによって、切っておとされた。われるような拍手が、これを名ごりとばかりに、空いっぱいにひびきわたる。

美技また美技――そうしてゲームは進展していった。さいしょのうち、どうしたものか、鏡子に元気がなく、凡失のために、しばしば敵に乗じられた。

「どうなすったんでしょう、榊さん。いつもとはまるっきりちがっているわ」

「いやね、トロフィーをY中学校にもっていかれるなんて」

味方のそうした懸念のうちに、第一セットはかんたんに鏡子の敗《まけ》となった。

そして第二セット。

これもさいしょのうちは鏡子にミスが多かった。

敵の選手は、案外という顔つきで、鏡子のゆるい球《たま》をうちかえしている。

だが、第二セットがなかばごろまできたときである。ふいに鏡子の球はするどくなった。鏡子のとくいとする正確なストロークは、ほとんど相手にそのスキをあたえなくなった。また鏡子の体内にみなぎっていた闘志は、ゲームの進展につれて、猛然と頭をもたげてきたのだ。

鏡子の心には、もはやこうなると、鈴代のことも、きのうの婦人のこともなくなった。あるのはただゲームばかりである。着々としてもりかえしてきたゲームは、はげしい接戦ののち、ついに鏡子のものとなった。

そして第三セット。

しかし、これはほとんど問題ではなかった。いちど堰《せき》を切っておとされた、鏡子の戦闘的な意識は、相手に乗ずるスキをゆるさなかった。しごくのんきなたたかいののちに、栄《はえ》ある月桂冠《げっけいかん》は、ふたたび鏡子の上におちた。

なりもやまぬ拍手……海鳴りのようなどよめき……そのなかに鏡子は、しばらく呆然《ぼうぜん》と立ちつくしていた。

そのときである。

突然ひとりの少女が、人なみをかきわけて、鏡子の前にあらわれた。いうまでもなく、それは鈴代であった。

鈴代の目は異様に血走り、そして、うつくしい花束をつきつけるようにさしだした。

「さあ、これをおうけとりなさい。この呪いの花束をおうけとりなさい」

鈴代の舌はもつれ、あたかも気ちがいのように目をかがやかせている。鏡子をとりまいていた友人たちは、あっけにとられたように、このふたりをながめていた。

「なにをおそれているのです？　おねえさまの呪いの花束……かつて、あなたがおねえさまをおとしいれたとおなじように、あなたもまた、このおそろしい毒の花束を、うけとらなければならないのです」

鏡子の目はうつろのようにひらいていた。

鏡子はなにかいおうとしたが、のどがやけつくようにただれて、一言も口にだすことはできなかった。

「卑怯者《ひきょうもの》……さあこれを……」

鈴代がむりやりにそれをさしだそうとしたときである。とつぜん、人々の背後から、ひとりの婦人がとびだしてきた。

「その花束はわたくしがもらいます！」

そう叫んだかと思うと、婦人は、いきなりその花束をうばいとって、しっかりと自分のうつくしい顔におしあてた。

「あっ！　おかあさま！　あなたは……」

そう叫んだのは鈴代だった。

「鈴代！　ゆるしておくれ……みんな、みんなあたしの罪だったのです。おまえがかわいいばかりに、妙子に、あんなおそろしい最期をとげさせた……ああ！　みんな、みんなあたしの心得ちがいだったのです」

鈴代は、そのことばをきくと同時に、棒をのんだように爪立《つまだ》ちした。

と、思うと、泳ぐように両手をわななかせたが、そのままばったりと校庭にうちたおれた。

×　　　×

さて、ここで、次のような蛇足《だそく》を附けくわえる必要があるだろう。

妙子と鈴代とは、腹違いの姉妹だった。そして鈴代の若い母は、妙子の美しさが、むしろ鈴代よりも、幾倍も優っているのが気にいらなかった。

そこに、あの恐ろしい陰謀がたくらまれたわけである。

ただ一つ、鈴代の母の知らなかったことは、鈴代自身では、妙子を真実の姉以上に懐しみ、親しんでいたことである。

しかし、もうすべては過ぎ去ったことである。

いまでは鈴代の病気もなおった。

鈴代は今、鏡子を亡き姉とも思って親しんでいる。このふたりの仲は、昔日の鏡子と、妙子の仲以上に、全校の羨望《せんぼう》の的となっている。

真夜中の口笛

不気味な物音

あたたかいベッドのなかで、益美《ますみ》はふと目をさました。

なんとなく寝ぐるしい夜であった。部屋のなかの空気が、ねっとりと、息ぐるしいほどしめり気をおびているくせに、唇《くちびる》も鼻孔《びこう》もからからにかわいて、ふんわりとかけた羽根ぶとんさえ、その重さに耐えかねるくらい……。

いま時分、なんだって目がさめたのだろう。夜明までにはまだ大分間があるようすだのに……。

益美はかけぶとんからすこしからだをずらせると、しずかに寝がえりをうって、強いて目をとじてみた。

しかし、その夜の気候のせいだったか、それとも益美のからだの加減か、いくら眠ろうとしても眠れない。あせればあせるほど、頭がしんと冴《さ》えてくるばかりか、なんとなく、不安な胸さわぎさえつのってくる。

やわらかい枕《まくら》につけた耳を、じっとすましていると、どこかで、さらさらと湯の湧出《わきで》る音のするほかは、このひろい湖畔の温泉旅館のなかは、ひっそりと海底《うなぞこ》のように静まりかえっているのだ。

どこかで、ボーン、ボーンと二時を打つ時計の音がした。

それをきくと、益美は何を思ったのか、ふいに毒虫にでも刺されたように、ベッドからとび起きると、逃げるように窓のそばにかけよった。

ゆるいタオルのねまきを着た細い肩がガクガクとふるえて、からだ中の毛あなという毛あなから一度にゾッと冷たい汗がにじみ出ている。

しばらく益美は、窓のそばに棒立ちになったまま、じっとまっくらな部屋のなかへ瞳《ひとみ》をすえていたが、やがてだんだんと日頃《ひごろ》の落ちつきをとりかえしてきた。

なんでもない。なんにも恐ろしいことはないのだわ。まあ、あたしとしたことが、二時の音をきいてあんなにびっくりするなんて、ずいぶんばかばかしい話だわ。今夜はよほどどうかしているわ……。

しかし、そう考えながらも、益美のふるえはなかなかとまらなかった。なにも恐ろしい理由も、こわがるわけもないと、自分で自分にいいきかせてみても、さてベッドへ帰ってねようという気にはどうしてもなれないのである。

何かしら、まっくらな部屋のすみずみに、黒い、恐ろしい魔物が、爪《つめ》をとぎながら待ちかまえているような気がする。

いっそ叔父《おじ》さんを起して、いっしょに寝かせていただこうかしら……。

そうも考えてみたが、さてこの真夜中に、そんな人騒がせなまねをする勇気もない。

益美はとほうにくれたように、ねまきの襟《えり》をかきあわせながら、ふとカーテンのすきまから、窓の外を眺めてみた。

ふかい、乳色の靄《もや》のなかに、ひろい湖水が、銀をいぶしたように、にぶく光っているのが見える。どこに月があるのか、つらなりあった信州の山々の嶺《みね》が、くっきりと空と境している。

益美は、この深夜の高原の、ひっそりとした夢のような景色に、しだいに心のなごやかさをとりもどそうとしていた。

と、そのときだった。ふいに、カサカサ、カサカサという物音に、彼女はもう一度ギョッとして部屋のなかを振りかえった。

たしかにそれは、益美のすぐ身近に聞えたような気がした。カサカサ、カサカサと、何かしら得体の知れぬ魔物が、ひそやかにうごめいているような物音……闇のそこから、恐ろしい妖気《ようき》をはきながら、じっと自分のほうをねらっているのではあるまいか。

カサカサ、カサカサ……

不気味な物音がふたたび聞えてきた。

まちがいはない。たしかに、何者かが部屋のなかにいるのだ。たった今まで、益美の寝ていたベッドのうえを、恐ろしい毛むくじゃらの手で撫《な》でまわしているような物音。

カサカサ、カサカサ、カサカサ……

不気味な物音はくらやみの底からしだいにせわしく、はげしくなってくる。

益美はもう、全身の血が凍ってしまいそうな恐ろしさにうたれた。誰《だれ》か人を呼ぼうにも、のどがふさがってしまって声が出ないのである。明るみのなかで見たら、総身《そうみ》の毛が逆立っていたにちがいない。

と、この時だった。

どこからともなく、ひくい口笛の音が聞えてきた。

ルルルルル……ルルルルル……

ゆるい、ふるえをおびた口笛の音、はじめはひくく、どこか遠くのほうで聞えていたのが、しだいに高く、間近にせまってくる。

ああ、真夜中の口笛の音!

益美はそれを聞くと、もうまっ青になってしまった。

呪《のろ》わしい口笛、真夜中の口笛、自分たち一家のうえにおおいかぶさっている呪いの口笛……益美はいまそれを聞いたのである。

ルルルルル……ルルルルル……

口笛の音はしだいにせっかちに、高くなってきた。

益美は思わず気を失いそうになるのを、やっと窓がまちで身をささえると、ヨロヨロとよろめきながら、ドアのほうへ歩みよった。ドアにはちゃんとカギがかかっている。

益美はもどかしそうに、そのカギをひらくと、まるで倒れるように廊下の外へよろめき出た。

「おや、益美さん、どうしたのですか」

出あいがしらに強い青年の声。

「ああ、雄策《ゆうさく》さん、あの口笛……恐ろしい口笛……」

「ええッ、口笛ですって?」

たぶん、トイレにでも起きたのだろう、ねまき姿の、がっしりとした青年は、ふしぎそうに耳をすました。

「何も聞えやしないじゃありませんか。益美さん、夢でも見てたんじゃありませんか」

「いいえ、いいえ、たしかにだれかあたしの部屋のなかにいます。ああ、恐ろしい」

雄策はそれを聞くと、片手で益美のからだをかばいながら、つと部屋の中に入ると、勝手知ったスイッチのありかをさぐって、カチッとひねった。

明るいバラ色の灯が、さっと洪水《こうずい》のように部屋のなかに溢《あふ》れる。

しかし、部屋のなかには人のいた気配などない。

「益美さん、だれもいやしないじゃありませんか」

益美はその声に、夢からさめたようにあたりを見まわした。

ああ、あのカサカサという不気味な物音の主、口笛の主はどこへいったのだろう。

ベッドのうえには益美のはねかえした羽根ぶとんがくしゃくしゃになっているばかり、怪しい物影とてはさらに見えない。

やっぱり自分は夢でも見ていたのだろうか……。

その翌朝、益美はホテルのベランダに、折りたたみ式のデッキ・チェアをもち出して、それに寄りかかりながら、ぼんやりと寝不足の頭をもみながら、湖水のうえをながめていた。

湖水のうえには、あたたかい高原の四月の陽が、さんさんとふりそそいで、きょうもまたいいお天気である。高い山々に区切られた空は、まるで藍《あい》をとかしたような青さ、澄みきった空気のなかには、かぐわしい湯の町の風が光っている。

益美が何気なくふと下のほうをみると、今しも湖ぞいに歩いてゆく、叔父さんの小さな後姿が見えた。片手に採集網を、片手に採集箱をさげた叔父さんは、きょうもまた昆《こん》虫《ちゅう》の採集に出かけるとみえる。

益美の叔父さんというのは、片桐敏郎《かたぎりとしろう》といって、日本でも有名な昆虫博士であった。片桐博士と姪《めい》の益美が、もう一か月あまりも、この温泉旅館に逗留《とうりゅう》しているというのは、益美の健康がすぐれないせいもあったが、一つには、この地方の昆虫に、博士が一方ならず興味をいだいていたからでもあるのだ。

益美には親も姉妹もいない。幼いときに両親に死別れ、一昨年たったひとりの姉を失ってからというものは、親戚《しんせき》といっては叔父にあたるこの老博士があるきりなのだ。

益美はことし十六になるのだが、からだが弱いために学校にもゆけず、しょっちゅうこうして、叔父さんにつれられて、全国の保養地を旅行してまわっているのだった。

「やあ、おひとりですね。先生はまた昆虫の採集ですか」

強い、元気のいい声を聞いて、益美はふと湖水のほうから目をそらして、うしろを振返ってみた。そこには昨夜の雄策青年が、湯あがりとみえて、てかてかと光った顔に、ニコニコと元気な微笑をうかべながら立っていた。

「ええ、たった今、出かけていきましたの」

益美は青白いほおに、よわよわしい微笑をうかべながら答えた。

「どうしたのです。今朝はまた顔色がよくありませんね。昨夜《ゆうべ》、あれから眠れましたか」

「ええ、あの……」

「眠れなかったのでしょう。いけないなあ。益美さんは、すこし神経質すぎるんだよ。そんなことじゃ、いつまでたったところで、からだのよくなりっこはないと思うなあ」

雄策はぬれたタオルをぽんとベランダの欄干になげかけると、籐椅子《とういす》を引きよせて、益美のそばに腰をおろした。美しい引きしまった顔だちに、がっしりとした肩幅《かたはば》、いかにもスポーツマンらしい体格をした青年である。

雄策……姓は畔柳《くろやぎ》、東京の高校の二年生だった。試験勉強がすぎて、すこしからだをこわしたので、春の休暇を幸いに、二週間ほどこの旅館に滞在しているのだが、そのあいだに益美とすっかり仲好しになってしまった。ほかに話相手のないせいもあるが、まるで妹をいたわるように、この病身の少女にピンポンを教えたり、いっしょにボートをこいだりして、なんとかして健康をとりもどしてやろうと苦心しているのだ。

「どうです。あとでまたボートをこぎにいきませんか」

「ええ、でも……」

益美はなんとなくうかないようすである。

「いやですか」

「いやってことありませんけれど、あたし、なんだか頭痛がしますの」

「すぐ、これだからな……」

雄策は眉《まゆ》をしかめながら、

「それだから益美さんはいけないのですよ。運動をすればそんな頭痛なんかすぐけしとんでしまう。第一、運動がたりないから、昨夜みたいに寝ぼけたりなんかするのですよ」

「あら」

ふいに益美はおおきな、鈴のような目をみはった。

「ひどいわ、雄策さん……あたし寝ぼけたりしやしないわ」

「だって、昨夜したじゃありませんか。夜中に口笛が聞えるの、カサカサという音が聞えるのなんのって、あんな大さわぎをしたのはだれだい」

「だって、だって、ほんとうに聞えたんですもの」

「よしんば、ほんとうに聞えたところで、何もあんなにまっ青にならなくてもよさそうなものだと思うな。真夜中だからといって、口笛を吹いちゃ悪いというわけはなし、ぼくだって吹くことはありますよ」

「あら、それじゃ雄策さん、昨夜のはあなたがお吹きになりましたの」

「いいや、昨夜のことは知らない。だけど、これから先、真夜中に口笛が吹きたくなることがあるかも知れないけれど、その時には、あんな大さわぎをしないでくれたまえね」

「よしてちょうだい!」

ふいに、何を思ったのか、益美はすっくとデッキ・チェアから立ちあがった。そして、いかにも恐《おそ》ろしそうに、ブルブルと肩をふるわせながら、じっと雄策の顔を見つめていたが、やがてよわよわしく腰をおろすと、ふいに両袖《りょうそで》で顔をおおった。

「雄策さん、あなたは何もごぞんじないから、そんなことをおっしゃるのですわ。だけど、だけど、真夜中に口笛を吹くことだけはよしてちょうだい——それは、それは、あたしにとっては恐ろしい呪いなんです」

そういったかと思うと、益美はふいにはげしくすすり泣きをはじめたのだった。

悪魔の手

雄策は、しばらく呆然《ぼうぜん》として益美のようすを眺《なが》めていた。

それから、ゆっくりと立ちあがると、益美の肩にやさしく手をかけて、泣きじゃくりをしている顔をのぞきこみながら、

「ごめんなさい。何か気にさわることをいったのなら、ごめんなさい。そして、さあ、ぼくにその話をしてくれたまえ。ね、真夜中に口笛を吹くと、どうして益美さんのために呪いになるの。その話をしてくれませんか」

益美はやっと、顔から袖をはなしたが、涙にぬれた目に、またしても、恐怖にみちた色をうかべた。雄策はすばやくそれを見てとると、

「ねえ、その話は他人にしてはいけないことなの？　だって、益美さんとぼくとは兄妹みたいなものなんだろう。知りあってからたった二週間にしかならないけれど、ぼくは益美さんをほんとうの妹のように思っているのだよ。益美さんだってこの間そういったろう。だったら兄さんにかくすことなんかないじゃないか。もし、他人にいってはいけないことだったら、ぼく、だれにもしゃべりやしないよ。さあ、話してごらん」

益美はそれでも、まだしばらくためらっているようすだったが、やっと決心がついたように、

「このことは、だれにもいっちゃいけないと、叔父さまから堅く口止めされているんですけれど、あたし、心配で心配で仕方がないから、雄策さんだけにお話しするわ。だけど、だれにもいわないでちょうだいね。叱《しか》られるとこわいわ」

「叱るって、だれが叱るの？」

「叔父さまよ」

「うん、ならだまっているよ。さあ、話してごらん」

益美はさも恐ろしそうに、そっとあたりに目をくばると、おずおずと、いかにも臆《おく》病《びょう》そうに話しだした。

「あたしのうちにはね、口笛の呪いがあるんですって。だれでも真夜中に口笛を聞くと、

きっといけないことがあるという話なのよ。お父さまでもお母さまでも、お亡くなりになるまえには、きっと真夜中に恐ろしい口笛をお聞きになったのですって。そして、それを聞くと、間もなく、ぽっくりとお亡くなりになったということなのよ」

「ふうむ」

それを聞いているうちに、雄策はおもわず鼻の穴をふくらませた。いかにもこの病弱な、神経質な少女の話にふさわしい、あまりにもこっけいな、取るに足らぬことのように思えたからであった。

「いったい、だれがそんなことを益美さんに話して聞かせたの？」

「叔父さまよ。そして、これはずっと昔から、代々うちに伝わっているたたりなんですって。だれでも、真夜中に口笛を聞いたものは、必ず死ななくてはならないのよ」

益美はそこまで話すと、急におびえたように、肩をすくめながら、あたりを見まわした。

「ばかだなあ、益美さんは。そんなことをほんとうにしているのかい？　じょうだんだよ。きっと、叔父さんがじょうだんにおっしゃったのだよ。そんなばかな話って今の世にあるもんか」

「いいえ、いいえ」

益美ははげしくからだをゆすりながら、

「だって、あたしにも一度経験があるんですもの。お姉さまがお亡くなりになったとき、あたしもちゃんと聞いたのよ。あの恐ろしい口笛を……」

益美はふいに、恐ろしい回想に、肩をブルブルとふるわせながら、

「いつか、お話をしましたわねえ。お姉さまは一昨年《おととし》亡くなったのよ。その時分、しょっちゅうお姉さまはおっしゃってたわ。真夜中になると、どこかで口笛の音が聞えるんですって。お姉さまはそれがこわくて、だんだんやせておしまいなすったの。でも、あたし、そんな恐ろしい呪いのお話はまだ知らない時分のことでしたから、まあ、普通のご病気だろうと思って、いろいろ、なぐさめたり、介抱したりしていましたの。その時お姉さまは十七で、あたしは十四だったの。でも、いまとちがって、あたしはとても丈夫な、元気のいい子だったのよ。ところが、とうとう、あの晩……」

益美はそこで、またしても、瞳《ひとみ》一ぱいに恐怖の色をうかべると、ゴクリと音をたてて唾《つば》を飲みこみながら、

「忘れもしない、四月十四日の晩でしたわ。

ちょうど、昨夜のように、みょうに生あたたかい、寝苦しい晩でしたけれど、あたしふと真夜中に目をさましましたの。すると、どこかでかすかに、ルルルルルと、ひくい口笛の音が聞えるじゃありませんか。あたし、はっと思いましたわ。お姉さまがこの頃《ごろ》、毎晩なやまされている口笛というのはあれじゃないかしら……そこで、あたしは自分の部屋を出ると、そっとお姉さまの部屋のまえへ行って中のようすをうかがってみましたの。

すると、中から、いかにも苦しそうなお姉さまのうめき声が聞えてきます。お姉さま、お姉さまとドアの外から呼んでみても返事はありません。バタン、バタンとベッドのうえを叩《たた》くような物音がするばかり、それにまじって、息もきれぎれなお姉さまのうめき声が聞えますの。そのようすがただごとじゃありません。ドアをひらこうとしても中からぴったりとカギがかかっています。そこであたしは大いそぎで自分の部屋へ帰ると、あたしの部屋のカギをもって来て、お姉さまの部屋をひらいたのです。あたしの部屋とお姉さまの部屋とは同じカギでひらくことになっていましたのよ。

さて、部屋の中へ入って電燈のスイッチをひねってみますと、お姉さまは今にもベッドからすべり落ちそうになって倒れていました。あたしはびっくりして側へかけよると、お姉さまのからだをしっかりと抱きしめました。そして、夢中でお姉さまの名前を呼んだのですの。すると、その声にうっすらと目をみひらいたお姉さまは、いかにも恐ろしそうに身ぶるいをしながら、

『益美さん、気をおつけ、あの口笛の音……あの、恐ろしい、悪魔の手……毛むくじゃらの悪魔の手……』

と、そういったかと思うと、そのまま、がっくりと頭を垂れてしまいましたの。それっきり、ええ、それっきりなの。お姉さまはそのまま息を引きとっておしまいになりましたの。そして、それと同時に、あの恐ろしい口笛の音はぴったりと聞えなくなりましたのよ」

益美はそこまで話すと、まっ青な顔をまたしても両袖の中に埋めてしまった。

その話を聞いているうちに、雄策の面はしだいに引きしまってきたが、ふと思いついたように、

「その時分、益美さんのお家にはどんな人がいたの？」

とたずねた。

「だれって、あたしたち姉妹に叔父さまと、それから召使が二、三人、ただそれだけですわ」

益美はふしぎそうに顔をあげて答えた。

「それで、益美さんは、その口笛のことを誰かに話しましたか」

「ええ、叔父さまにお話ししましたの。すると、叔父さまははじめて、家に伝わっている恐ろしい呪いのことを話してくだすったのですわ。ねえ、雄策さん、ですから、後生ですから真夜中に口笛など吹かないでちょうだいね」

しかし、雄策はその言葉を聞いているのかいないのか、じっと、湖水のうえに瞳をこらして考えこんでいる。その雄策の視線のむこうに、ふとある人影がうつってきた。大きな採集箱を肩にした、益美の叔父の片桐老博士の姿である。

「ああ、叔父さんが帰ってみえましたよ。益美さん、ぼくもいまの話はだまっていますから、あなたもだれにもいわないほうがいいですよ」

そういいながら、雄策はつと益美のそばを離れると、びっくりしている益美をあとに、

あわててベランダから中へ入って行ったのだった。

その日一日、雄策はどこへ行ったのか、旅館のなかには姿を見せなかった。叔父さんは相も変らず、自分の研究に夢中になっているし、雄策はいないしするので、益美はなんとなく、淋しい、つまらない一日を送ってしまった。

「益美や、夜ふかしをせずに、なるべく早く寝るのですよ」

晩御飯がすむと、叔父さんはやさしくそういいのこして、隣の自分の部屋へ引きとってしまった。しかし、昨夜のことを思うと益美はとても眠れそうにもない。なんとなく恐ろしさ、心細さがひしひしと胸に迫ってくる。益美はふと廊下に出てみると、いつの間に帰ってきたのか、雄策の部屋から、かすかに灯がもれているのだ。益美はほっとしたように、そのほうへ歩いていった。

「雄策さん、いつ帰っていらしったの？」

益美がそう声をかけると、中から雄策のギョッとしたような声が聞えた。

「ああ、益美さん、どうしたの」

「まだ眠れそうにないから、お話しにきたのよ。入ってもいい」

「あ、ああ、いいよ。お入り」

益美がドアをひらくと、雄策は何かしら鞭《むち》のようなものを編んでいる。

「まあ、何をこしらえていらっしゃるの？」

「これ？」

雄策はできあがった鞭をビューと振って見せながら、ニコニコと笑って見せた。

「細い柳の若枝でつくってみたんだよ。あまり退屈なものだからね。さあ、お入り」

雄策はベッドのうえに鞭を投出すと、益美のほうへ椅子を押しやりながら、

「叔父さんは？」

「お部屋よ。またご研究でしょう。それよりあなたは今日、どこへ行っていらしたの？」

「どこってことはないけど、それより、益美さんは、叔父さんがいま、何を研究していらっしゃるか知っている？」

「知らないわ。何かまたむずかしい昆虫なんでしょう」

「ところが大ちがい。昆虫は昆虫だけど、ちっともむずかしくない昆虫さ」

雄策は何かニヤニヤとわらいながら、

「ハエだよ」

「ハエ？」

「そうさ。普通のハエさ。叔父さんはね、毎日ああして採集箱を持ってお出かけになるが、いつもその中には一杯ハエを入れてお帰りになるのさ。ハハハハハ、こっけいじゃないか。ねえ」

「まあ」

益美は何かわけの分らぬ顔つきで、

「あなた、どうして、そんなこと知っていらっしゃるの？」

「なあに、この湖水の向うの番人に聞いてきたのだよ。博士はその番人にハエ取を頼んでいらっしゃるのだよ。そして、毎日採集箱をさげては、そのハエを買いにいらっしゃるのだ。ハハハハハ、あのへんはとてもハエが多いからね」

雄策はなぜかしら上機嫌《じょうきげん》である。益美にはしかし、そのわけが分らない。叔父さんがなぜハエを買いあつめているのか、それよりも、そんなことを聞込んできて、なぜ雄策がうれしがっているのか、いっこう意味がわからない。益美はなんとなく、叔父さんを侮辱《ぶじょく》されたような気がして、不機嫌にだまりこんでしまった。

「どうしたの、きゅうにだまりこんでしまったね。ごめんごめん、あまりくだらないことをいったので、おこってしまったのだね。どうだね、益美さんの好きな、いつものホット・レモンをこさえてやろうか」

「ええ」

益美はやっと機嫌をなおして、ニッコリとうなずいた。

ところが、それからしばらくして、雄策のこしらえてくれたホット・レモンを飲んだ益美は、何かしら、舌を刺すような苦《にが》みを覚えたかと思うと、ふいにわけのわからぬ眠気に襲われてきたのだ。雄策が何かしきりにおしゃべりをしている。益美は夢中になってそれにあいづちをうっていたが、その返事がだんだん間遠になってきたかと思うと、とうとうぐったりと眠りこけてしまった。

と、思うと、いままでニコニコと笑っていた雄策の形相《ぎょうそう》が、ふいに恐ろしく引きしまってきた。しばらく、じっと益美の寝息をうかがっていた雄策は、ふいに、ニッタリと気味のわるい笑いをうかべると、益美のからだをベッドのうえにねかせ、そして、そっと柳の鞭をとりあげたのである。

それからしのび足で廊下へでると、外からぴったりとドアをとざし、自分は柳の鞭をかかえたまま、ぬき足さし足、益美の部屋へしのびこむと、中からぴったりとカギをおろし、そして、カチッと電燈を消してしまったのだ。

いったい、雄策は何をしようというつもりなのだろう。

寝室の毒グモ

くらやみの中にじっとうずくまった雄策は、柳の鞭を砕けるほどかたく握りしめて、じっと時のたつのを待っているのだった。

ときどき、懐中電燈を取りだしては、そっと腕時計を眺める。十二時半ごろのこと、ドアの外で一度、片桐博士の声が聞えた。

「益美、益美……もうねたのかい」

雄策がだまってからだをちぢめていると、しばらくドアをガタガタといわせていたが、中からカギがかかっているのをみると、

「ふむ、もうねたようだな」

と、低い声でつぶやきながら立ち去った。

それから間もなく、ボーンと廊下の端にある大時計が一時を打った。そして、それから大分たってからのこと……ふいに、どこかで口笛を吹く音が聞えてきた。

ルルルルル……ルルルルル……

それを聞くと、雄策はゾッとするような恐怖を感じながら、それでもじっと歯をくいしばって、砕けんばかりに柳の鞭をにぎりしめながら、くらやみの中に瞳をすえている。

ルルルルル……ルルルルル……

低い、あたりをはばかるような口笛の音がした。雄策の額にはびっしょりと汗がうかんできた。ガクガク、ガクガクと、こらえてもこらえても噛《か》み合わせた歯がなりだすのだった。

口笛の音はすぐ止んだ。と、思うと、ふいにバサッと何かしらベッドのうえに落ちたような物音……それを聞くと、雄策はギュッとからだをかためながら、右の手に柳の鞭を振りあげ、左の手でさっと懐中電燈の光をベッドのうえに投げかけた。その途端、さすがの雄策もおもわず、アッと声をあげてたじろいでしまったのである。

ベッドのうえには、直径三十センチ以上もあろうかと思われる大グモが、毛むくじゃらの足をあげながらのっそのっそと這《は》いまわっているではないか。その不気味な、醜怪な、ゾッとするような動物は、まるで犠牲者の姿を探し求めるかのように、のろのろとベッドのうえを這いまわっていたが、いま、ふいの光にあうと、ぴんと二本の足をあげ、ギロリと金色の目玉を光らせながら、いまにも挑《いど》みかかろうとするようなかっこうをした。雄策の手にした柳の鞭が、ビューッと風を切ってクモのうえに落ちたのはちょうどそのときだった。

クモは危く身をかわすと、憤りにからだをふるわせながら、足をちぢめて、今にも飛びかかりそうな身がまえをしている。ビュー、ビューと雄策は夢中になって三度ばかり柳の鞭を振りおろした。

と、そのときである。またしてもあの不気味な口笛の音が聞えてきた。それを聞くと、恐ろしい大グモは、いままでの攻撃的な姿勢をがらりとかえると、ふいにスルスルと壁を這って天井のほうへ登っていった。雄策の鞭がその後を追って、二度三度振りおろされたが、いずれも手もとが狂って、いたずらに壁を叩いている間に、クモはするりと天井の穴へもぐりこんでしまった。

ルルルルル……ルルルルル……

鋭い、せっかちな口笛の音。

それが途絶えたと思う瞬間、ふいに隣室から、鋭い叫び声が聞えてきた。

「うわッ！　ちくしょう！　わしだ、わしだ。ちくしょう！　ああ、助けてくれえ！」

それはたしかに片桐老博士の悲鳴である。それにつづいて、バタバタと床を蹴るような足音、ドタリとだれかが床に倒れたような物音が聞えてきた。

「しまった！」

雄策があわてて隣室へかけつけた時には、しかし、万事はすでに終ったところだった。床に倒れた老博士の顔のうえには、あの恐ろしい大グモが、毛むくじゃらの八本の足を一ぱいにひろげ、その鋭いくちばしは、しっかりと博士の首にくいいっているのだった。

「ちくしょう!」

雄策が力まかせに振りおろした鞭は、こんどこそ間違いなく、恐ろしい毒グモに命中した。ポロリと博士の顔から、床のうえにおちたところを、遮二無二《しゃにむに》叩かれた大グモは、間もなく八本の足をピクピクと痙攣《けいれん》させながら、口からまっ白な泡《あわ》を吐いてへたばってしまった。

× ×

「これで、あたしはもう完全に、真夜中の口笛の呪いから逃れることができましたのねえ」

益美は汽車の窓から、高原に降りしきる雨を眺めながら、軽い溜息《ためいき》まじりにいった。

「そうですよ。最初からそんな呪いなんかありはしなかったのです。あれはみんな叔父さんのでたらめだったのです。あれはね、クモを呼びもどすときの合図だったのですよ」

雄策はなぐさめるように、益美の肩に手をかけてそういった。

「お姉さまが亡くなったときも、きっと天井かどこかに、あのクモの出入をする穴があったに違いありませんよ。叔父さんはそこからそっとクモをすべりこませては、いい頃《ころ》合《あい》を見計らって、呼びもどすために口笛を吹いていたのでしょう。益美さんの聞いたのはそれだったのですよ」

「でも、昨夜にかぎって、どうしてそのクモが叔父さまに嚙みついたのでしょうね」

「それはね、ぼくの鞭で叩かれて、クモのほうでひどくおこっていたから、ひとの見さかいがつかなくなっていたからなのですよ。ぼくはこのあいだ益美さんから、お姉さまの亡くなったときの話を聞いたとき、いつか動物の本で読んだ、あのクモのことをすぐ思い出したのです。

それで、町の図書館へ行ってさっそく調べてみたんですがね。あれは台湾《たいわん》の南などにいる恐ろしい毒グモで、一度嚙まれると十中八、九命はないのです。

土人たちはそれで、あのクモのことを『悪魔の手』と呼んで恐れているんですよ。ちょうど、毛むくじゃらの足をひろげたところが、どこか人間の手に似ているからですね。

しかもこのクモは、ひどく口笛がすきだという習性をもっているのです。

お姉さまにもきっと、このクモの姿が、なにかしら恐ろしい悪魔の手のように見えたのでしょうね。

だから、お姉さまが、『悪魔の手が……』といったということ、口笛が聞えたということを聞いたとき、ぼくはてっきり、昆虫博士の叔父さんがこのクモをつかっているのだと思ったのです。

しかも、図書館からの帰りにあの水車小屋の番人に聞いてみると、博士が毎日ハエを集めていたこと、そして、今日かぎり、もうそのハエにも用はないといったということ……それを聞いてぼくはドキリとしました。

ハエはむろん、クモの餌《えさ》にちがいないが、今日かぎりいらないというのはどういうわけだろう……それはつまり、今日かぎりクモに用はないということになる。ということはいよいよ今夜、そのクモを使って、益美さんを殺しておいて、そのクモのしまつをするのではなかろうか……。

そう考えたので、ぼくは益美さんに眠り薬を飲ませておいて、自分でそっとクモのくるのを待っていたのですよ。

それもこれも、あなたたち姉妹にのこされたお父さんの財産が原因なんですね。学者だってやっぱり金を欲しがる人もある。しかし、非道な手段でそれを手に入れようとすると、かえって自分の身をほろぼすことになるんだね」

益美は雄策の胸によりかかったまま、涙ぐんだ目でうっとりと、雨の高原の移りゆく景色をながめていた。

汽車はいま、無心の煙をはきながら、東京への旅をいそいでいる。

解説

山村正夫

私が初めて横溝正史先生にお会いしたのは、昭和二十六年の秋、二十一歳のときである。

高木彬光氏の紹介状を携えて、成城学園のお宅を訪ねたのだ。たまたま某誌に百枚の中編を執筆することになり、先生の推薦文を頂戴するためであった。

当時、私は既に探偵作家クラブの会員になっていたから、京橋の東洋軒において開かれていた例会（土曜会）で、江戸川乱歩先生をはじめ大下宇陀児、木々高太郎などの戦前派の錚々《そうそう》たる諸作家とは、既に面識を得ていた。ただ、横溝先生にはなかなかお近づきになるチャンスがなかった。

横溝先生は昭和二十三年に、疎開先の岡山県吉備郡岡田村から東京に戻られていたが、乗物恐怖症という変ったノイローゼにかかられて、家の周囲の散歩以外は一切外出されず、土曜会にも出席されなかったからである。

だが、私は先生にお会いする前から、特別な畏敬の念と親近感とを抱いていた。畏敬の方は言うまでもない。戦後いち早く、「本陣殺人事件」や「八つ墓村」「獄門島」など、推理小説史上に残る不朽の名作を発表され、本格ファンを熱狂させた大作家に対する憧憬のせいだったが、親しみを抱いたわけはほかでもなかった。

私は十代で推理作家になったが、横溝先生はその意味でも大先輩だったのだ。角田喜久雄、水谷準など往年の早熟組の作家たちと轡《くつわ》を並べて、先生が戦前の『新青年』に処女作の「恐ろしき四月馬鹿」を書かれたのは、十九歳のときであった。

いま一つわけがある。あの頃、私は大人向きの探偵小説よりも少年物に力を注いでいた。その主要な舞台に『譚海』という雑誌があった。ところが、横溝先生も同誌には昔から縁が深く、戦後も連続して連載小説の筆を執っておられたのだ。私の手許にただ一冊だけ残っている昭和二十九年新年号を見ても、長編時代小説「しらぬ火秘帖」が掲載されている。あの時分の私は、目次に高名な先生と肩を並べて名前が載ることが晴れがましく、共通の雑誌の執筆者であることが嬉しくもあったのである。

それやこれやで、横溝先生には人一倍、親近感を抱いていたのだった。

だが、成城学園の閑静な高級住宅街の一画にあるお宅へ伺い、広いお庭に面した座敷へ通されると、私は緊張のためにすっかりコチコチになってしまった。かしこまって坐った膝の震えが、止まらなかったのを憶えている。乱歩先生との初対面のときもそうだったが、憬《あこが》れの大作家とじかに面談できるという感激は、それほど大きかったのだ。

乱歩先生といえば、その筆になる「酒詩琴」の横額が、隣室との境いの襖《ふすま》の上にかかっていた。私がそれを横目で見上げながら、胸をドキドキさせて待っていると、横溝先生は和服に袢天《はんてん》という無造作な恰好で、奥の書斎から廊下づたいに姿を現された。先生が五十歳のときであった。

外出嫌いなくらいだから、さぞかし気難しい方なのではないか。

実を言うと、私は内々でそんなことを考えてビクビクしていたのだが、その予想はまるで当たっていなかった。横溝先生は見るからに飄々《ひょうひょう》とした感じの気さくな方で、大家ぶった尊大なところなど微塵もなかった。こんなことを書いてはいささか失礼に当たるかもしれないが、先生が創造された名探偵金田一耕助を、彷彿《ほうふつ》とさせるものがあった。それでいながら、むろん推理文壇の重鎮としての、風格をもそなえておられたのだ。

横溝先生はまだ小僧っ子で駆け出しの私を、十年の知己のように暖かく迎えて下さった。そして、私の目の前でペラの原稿用紙二枚の推薦文を書いて渡して下さった。その原稿を私はいまでも大事に保存しているが、過分な賛辞が連ねてあり、面映ゆさに恐縮したものである。

それ以後、特別に目をかけて頂くようになった。先生の暖かく滋味に溢れた人柄に接するにつれて、私の敬愛心はますます深まった。

そういえば、旧『宝石』誌のグラビアに、お宅の縁側で日向ぼっこをされながら、毛糸の編物をなさっている写真が紹介されたことがある。本格派の巨匠と女性の特技である編物との取り合わせは、いかにも奇異な感じがしないではなかったが、先生に伺ったところによれば、執筆に疲れたとき頭を休めるために始められたということだった。それも手間のかかる模様編みほどよく、お嬢さんのセーターなども、御自身が編まれたという。

それにしても、「伏せ目、作り目」と口で唱えながら、編棒を動かしておられる横溝先生の姿は、いかにも春風駘蕩《しゅんぷうたいとう》とした趣きがあり、何とも微笑ましい気がしてならなかった。

また同誌のグラビアに、松野一夫画伯描く「探偵作家動物見立」が載ったことがあり、先生は猫だった。猛獣ではなく、温和な動物に見立てられている点が、いかにも先生の風貌に似つかわしかった。

事のついでにいま少しエピソードを記しておくと、先生ほど血を見たり、残酷な話題を好まれない方もいないだろう。例えば生爪をはがしたなどという話をうっかりしようものなら、身震いして逃げ出される有様だった。

推理文壇きっての愛妻家としても有名だし、人一倍動物好きで愛犬のカピやドリスを可愛がっておられた。このように日常の横溝先生は、きわめて庶民的で抱擁力に富んだ人格円満な方だったのである。これがあのおどろおどろしい、怪奇ロマンの作品を産み出される作家かと怪しみたくなるほどであった。

ふつう読者は作風から作家の人柄を判断しがちなものだが、実際には正反対の場合が多い。乱歩先生の場合なども同じで、土蔵内に蠟燭《ろうそく》を点《とも》し無残絵を眺めながら執筆されるという伝説から、私も一時は異常な作家のように思い込んでいた。だが、いざ会ってみると、大学教授のように謹厳な方なので、驚かされたことがあるのだ。

早いもので、横溝先生との個人的なおつき合いも、あれからもう三十年近くになる。その間、成城のお宅へは算《かぞ》えきれないくらい何度も伺ったし、軽井沢の別荘へ家族連れでお邪魔したこともあった。薫陶を受けるというより、慈父に甘えるような接し方をしてきた。最近では先生の発案で、山田風太郎氏や中島河太郎氏などと共に、「多磨霊園」へ乱歩先生の墓参に行くのを毎年の恒例にしている。先生は今年で七十九歳を迎えられたはずだが、高齢にもかかわらずいまなおかくしゃくとしておられて、昔と少しも変ってはおられない。

だが、私にとってはやはり、横溝先生との初めての出会いを持った昭和二十七、八年頃の思い出が一番懐しく印象深いのである。それもあって、先生のおびただしい少年少女物の探偵小説の中から、当時の長短編四編を選んで本書に収録した。

「青髪鬼」は雑誌連載後、昭和二十九年に偕成社から単行本として刊行されたものである。明治時代の作家黒岩涙香に、コレリの「ヴェンデッタ」を翻案した「白髪鬼」があり、乱歩先生にも同題の長編があるが、ことによると横溝先生はその題名にヒントを得られたのかもしれない。

例によって、新日報記者三津木俊助と〝探偵小僧〟こと御子柴進少年のコンビが活躍する、シリーズ作品の一編になっている。

発端の設定がまずスリリングだ。本人がまだちゃんと生きているのに、突然、何者かの手で新聞に死亡広告を載せられたとしたら、誰だって気味の悪い思いがすることだろう。本編は、宝石王の古家万造と科学者の神崎省吾、それに月丘ひとみという十三歳の少女の三人が、そのたちの悪い悪戯をされるという、奇怪な事件から始まるのである。

死亡広告を出した張本人は、青髪鬼と名乗る怪人だった。この怪人は「目が鬼火のようにギラギラひかり、鼻がとがって、かっと大きくさけた口、ミイラのようにかさかさとして、しわのよった灰色のはだ、しかも髪の毛が秋の空よりもまっさお」というのだから恐ろしい。

進少年は日比谷公園で月丘ひとみを助けたことから、直径一メートルもある大グモが消失するという怪異に遭遇し、さらにその怪人に出会うのだ。青髪鬼にはダイヤモンドの宝庫にからんで仲間に陥れられた過去があり、その恨みのため彼は復讐の鬼と化して、死亡広告を出した三人の命をつけ狙うのである。髪の毛がコバルト色をしていたのも、ちゃんとした理由があってのことだった。

ところが、その青髪鬼が一人ではなく何人も出現するものだから、事件の謎は錯綜《さくそう》して容易に解けない。しかもダイヤの宝庫を狙って、神出鬼没の怪盗白蠟仮面も一役買うので、三津木や進少年も手こずらされてしまう。横溝先生には同時期に書かれた「白蠟仮面」という作品が別にあり、稀代の変装の名人というキャラクターもまったく同じだから、本編はその姉妹編に当たることになる。

それはともかく、複雑に入り組んだ波乱万丈の物語の展開は目まぐるしいばかりで、とりわけ白蠟仮面の七変化ぶりが息もつかせない。読者は青髪鬼の正体を探る興味に魅《ひ》かれて、クライマックスの大宝庫の発見まで、一気に読まされたのではないだろうか。サスペンスに富んだ筋立の面白さもさりながら、それに加えて大グモの消失トリックや、暗号、犯人の意外性など、本格仕立のさまざまな趣向が、本編の魅力を倍加しているのである。一方、「廃屋の少女」と「バラの呪い」「真夜中の口笛」の三編は、いずれも可憐《かれん》な少女を主人公にした短編と言っていい。

「廃屋の少女」は誘拐物だが、泥棒の娘の恩返しという設定に作者の狙いがあり、「バラの呪い」は、女子学園内に起った幽霊騒ぎの裏に予想外の真相が隠されていて、その秘密を口に出せないヒロインの悩みがからませてある。「真夜中の口笛」は、コナン・ドイルの「まだらの紐《ひも》」に似た恐怖の結末に、あっと驚かされるのだ。

私も今年で五十歳になった。考えてみると、初めてお会いしたときの、横溝先生の年と奇しくも同じである。その私がいまこの解説を書いているのだから、不思議な因縁と言わざるを得ない。過ぎ去った三十年の歳月をふり返ると、しみじみと感慨無量の思いがせずにはいられないのである。

先生、どうかいつまでもお元気で……。

本書は、昭和五十六年九月に小社より刊行した文庫を改版したものです。なお本文中には、気ちがい、浮浪児、めくらめっぽう、精神に異常を～わからない、土人など、今日の人権擁護の見地に照らして使うべきではない語句や不適切と思われる表現があります。しかしながら、作品全体として差別を助長する意図はなく、執筆当時の時代背景や社会世相、また著者が故人であることを考慮の上、原文のままとしました。

（編集部）

青髪鬼《せいはつき》

横溝正史《よこみぞせいし》

昭和56年 9月30日　初版発行
令和4年 10月25日　改版初版発行

発行者●堀内大示

発行●株式会社KADOKAWA
〒102-8177　東京都千代田区富士見2-13-3
電話　0570-002-301（ナビダイヤル）

角川文庫 23370

印刷所●株式会社暁印刷
製本所●本間製本株式会社

表紙画●和田三造

●お問い合わせ
https://www.kadokawa.co.jp/（「お問い合わせ」へお進みください）
※内容によっては、お答えできない場合があります。
※サポートは日本国内のみとさせていただきます。
※Japanese text only

ISBN 978-4-04-112915-9　C0193

◇◇◇

角川文庫発刊に際して

角川源義

第二次世界大戦の敗北は、軍事力の敗北であった以上に、私たちの若い文化力の敗退であった。私たちの文化が戦争に対して如何に無力であり、単なるあだ花に過ぎなかったかを、私たちは身を以て体験し痛感した。西洋近代文化の摂取にとって、明治以後八十年の歳月は決して短かすぎたとは言えない。にもかかわらず、近代文化の伝統を確立し、自由な批判と柔軟な良識に富む文化層として自らを形成することに私たちは失敗して来た。そしてこれは、各層への文化の普及滲透を任務とする出版人の責任でもあった。

一九四五年以来、私たちは再び振出しに戻り、第一歩から踏み出すことを余儀なくされた。これは大きな不幸ではあるが、反面、これまでの混沌・未熟・歪曲の中にあった我が国の文化に秩序と確たる基礎を齎らすためには絶好の機会でもある。角川書店は、このような祖国の文化的危機にあたり、微力をも顧みず再建の礎石たるべき抱負と決意とをもって出発したが、ここに創立以来の念願を果すべく角川文庫を発刊する。これまで刊行されたあらゆる全集叢書文庫類の長所と短所とを検討し、古今東西の不朽の典籍を、良心的編集のもとに、廉価に、そして書架にふさわしい美本として、多くのひとびとに提供しようとする。しかし私たちは徒らに百科全書的な知識のジレッタントを作ることを目的とせず、あくまで祖国の文化に秩序と再建への道を示し、この文庫を角川書店の栄ある事業として、今後永久に継続発展せしめ、学芸と教養との殿堂として大成せんことを期したい。多くの読書子の愛情ある忠言と支持とによって、この希望と抱負とを完遂せしめられんことを願う。

一九四九年五月三日

角川文庫ベストセラー

八つ墓村
金田一耕助ファイル1
横溝正史

鳥取と岡山の県境の村、かつて戦国の頃、三千両を携えた八人の武士がこの村に落ちのびた。欲に目が眩んだ村人たちは八人を惨殺。以来この村は八つ墓村と呼ばれ、怪異があいついだ……。

本陣殺人事件
金田一耕助ファイル2
横溝正史

一柳家の当主賢蔵の婚礼を終えた深夜、人々は悲鳴と琴の音を聞いた。新床に血まみれの新郎新婦。枕元には、家宝の名琴〝おしどり〟が……。密室トリックに挑み、第一回探偵作家クラブ賞を受賞した名作。

獄門島
金田一耕助ファイル3
横溝正史

瀬戸内海に浮かぶ獄門島。南北朝の時代、海賊が基地としていたこの島に、悪夢のような連続殺人事件が起こった。金田一耕助に託された遺言が及ぼす波紋とは？　芭蕉の俳句が殺人を暗示する!?

悪魔が来りて笛を吹く
金田一耕助ファイル4
横溝正史

毒殺事件の容疑者椿元子爵が失踪して以来、椿家に次々と惨劇が起こる。自殺他殺を交え七人の命が奪われた。悪魔の吹く嫋々たるフルートの音色を背景に、妖異な雰囲気とサスペンス！

犬神家の一族
金田一耕助ファイル5
横溝正史

信州財界一の巨頭、犬神財閥の創始者犬神佐兵衛は、血で血を洗う葛藤を予期したかのような条件を課した遺言状を残して他界した。血の系譜をめぐるスリルとサスペンスにみちた長編推理。

角川文庫ベストセラー

人面瘡
金田一耕助ファイル6
横溝正史

「わたしは、妹を二度殺しました」。金田一耕助が夜半遭遇した夢遊病の女性が、奇怪な遺書を残して自殺を企てた。妹の呪いによって、彼女の腋の下には人面瘡が現れたというのだが……表題他、四編収録。

夜歩く
金田一耕助ファイル7
横溝正史

古神家の令嬢八千代に舞い込んだ「我、近く汝のもとに赴きて結婚せん」という奇妙な手紙と佝僂の写真は陰惨な殺人事件の発端であった。卓抜なトリックで推理小説の限界に挑んだ力作。

迷路荘の惨劇
金田一耕助ファイル8
横溝正史

複雑怪奇な設計のために迷路荘と呼ばれる豪邸を建てた明治の元勲古館伯爵の孫が何者かに殺された。事件解明に乗り出した金田一耕助。二十年前に起きた因縁の血の惨劇とは？

女王蜂
金田一耕助ファイル9
横溝正史

絶世の美女、源頼朝の後裔と称する大道寺智子が伊豆沖の小島……月琴島から、東京の父のもとにひきとられた十八歳の誕生日以来、男達が次々と殺される！開かずの間の秘密とは……？

幽霊男
金田一耕助ファイル10
横溝正史

湯を真っ赤に染めて死んでいる全裸の女。ブームに乗って大いに繁盛する、いかがわしいヌードクラブの三人の女が次々に惨殺された。それも金田一耕助や等々力警部の眼前で——！

角川文庫ベストセラー

夜の黒豹
横溝正史

金田一耕助は、思わずぞっとした。ベッドに横たわる女の死体。その乳房の間には不気味な青蜥蜴が描かれていた。そして、事件の鍵を握るホテルのベル・ボーイが重傷をおい、意識不明になってしまう……。

魔女の暦
横溝正史

浅草のレビュー小屋舞台中央で起きた残虐な殺人事件。魔女役が次々と殺される——。不敵な予告をする犯人「魔女の暦」の狙いは? 怪奇な雰囲気に本格推理の醍醐味を盛り込む。

双生児は囁く
横溝正史

「人魚の涙」と呼ばれる真珠の首飾りが、檻の中に入れられデパートで展示されていた。ところがその番をしていた男が殺されてしまう。横溝正史が遺した文庫未収録作品を集めた短編集。

悪魔の降誕祭
横溝正史

金田一耕助の探偵事務所で起きた殺人事件。被害者はその日電話をしてきた依頼人だった。しかも日めくりのカレンダーが何者かにむしられ、12月25日にされていて——。本格ミステリの最高傑作!

殺人鬼
横溝正史

ある夫婦を付けねらっていた奇妙な男がいた。彼の挙動が気になった私は、その夫婦の家を見張った。だが、数日後、その夫婦の夫が何者かに殺されてしまった! 表題作ほか三編を収録した傑作短篇集!

角川文庫ベストセラー

喘ぎ泣く死美人　横溝正史

当時の交友関係をベースにした物語「素敵なステッキの話」。外国を舞台とした怪奇小説の「夜読むべからず」や「喘ぎ泣く死美人」など、ファン待望の文庫未収録作品を一挙掲載！

髑髏検校　横溝正史

江戸時代。豊漁ににぎわう房州白浜で、一頭の鯨の腹からフラスコに入った長い書状が出てきた。これこそ、後に江戸中を恐怖のどん底に陥れた、あの怪事件の前触れであった……横溝初期のあやかし時代小説！

真珠郎　横溝正史

鬼気せまるような美少年「真珠郎」の持つ鋭い刃物がひらめいた！　浅間山麓に謎が霧のように渦巻く。無気味な迫力で描く、怪奇ミステリの金字塔。他1編収録。

蔵の中・鬼火　横溝正史

澱んだようなほこりっぽい空気、窓から差し込む乏しい光、箪笥や長持ちの仄暗い陰。蔵の中でふと私は、古い遠眼鏡で窓から外の世界をのぞいてみた。それが恐ろしい事件に私を引き込むきっかけになろうとは……。

雪割草　横溝正史

出生の秘密のせいで嫁ぐ日の直前に破談になった有爲子は、長野県諏訪から単身上京する。戦時下に探偵小説を書く機会を失った横溝正史が新聞連載を続けた作品がよみがえる。著者唯一の大河家族小説！